300 DÉCOUVERTES qui ont changé le monde

Direction générale : Al Di Buono et Kim Huynh
Textes : Mathieu Fortin, Marie-Ève Côté et Valérie Ménard
Direction artistique : Rachel Pilon
Montage : Alejandro Natan
Direction éditoriale : Caroline McClish
Révision: Danielle Patenaude et Delphine Rossini

Petits Génies

LES DÉCOUVERTES SUR L'ESPACE

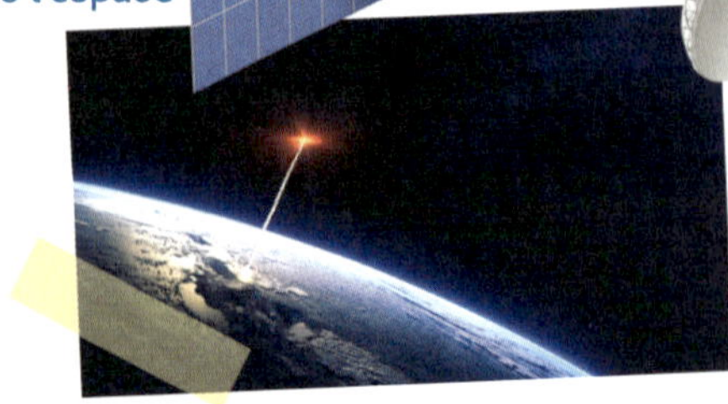

S

M

R

A

A
B
Z

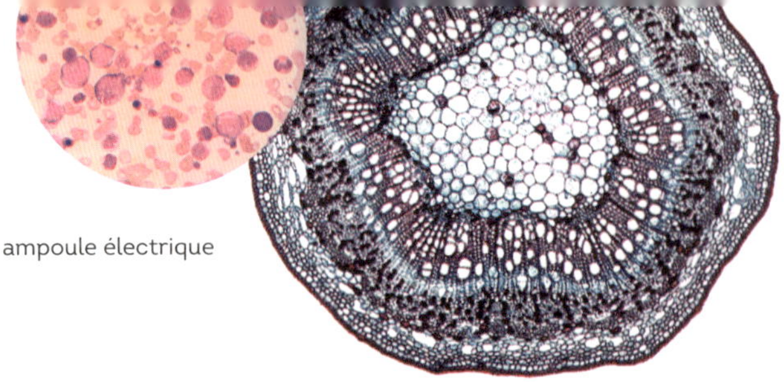

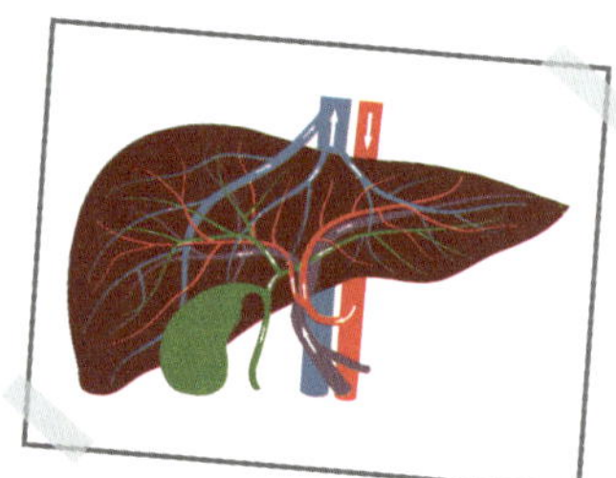

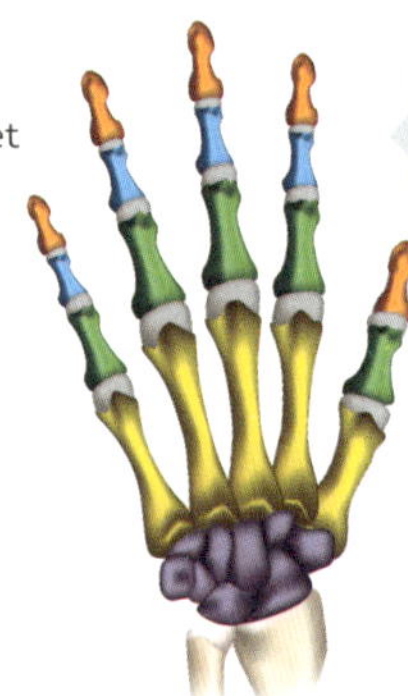

Diminuer les déchets

Réduire son empreinte numérique

Des vacances écolos

Mes créations écolos

LES MYSTÈRES et LES DÉCOUVERTES

La tombe de TOUTANKHAMON

Il y a longtemps, en Égypte, les rois, appelés **des pharaons**, étaient enterrés dans les pyramides.

À une époque moins lointaine, les pharaons étaient enterrés dans des constructions secrètes de **la Vallée des Rois**.

Parmi les tombes mystérieuses, celle de **Toutankhamon**, un enfant-roi mort avant l'âge adulte, était introuvable.

Dès 1914, l'archéologue anglais Howard Carter est à sa recherche.

C'est en 1922 qu'il trouve l'escalier menant au tombeau.

La découverte impressionne les gens partout dans le monde, car les chambres funéraires dévoilées sont remplies de trésors qui n'ont pas été pillés.

Le tombeau de Toutankhamon nous permet de grandement améliorer nos connaissances de l'Égypte antique.

MACHU PICCHU

L'Empire inca est un des grands royaumes de **l'Amérique du Sud** avant l'arrivée des Européens.

*Son plus célèbre héritage est Machu Picchu. Cette ville de plus de 200 **bâtiments** a été construite vers 1450 sur un plateau isolé de 13 km^2, au Pérou.*

Le 24 juillet 1911, un explorateur américain découvre des murs dans les montagnes. Il cherchait **le dernier refuge des Incas**, mais il trouve plutôt **Machu Picchu**, une ville à l'architecture impressionnante, qui a gardé tous ses trésors.

???

Cachée aux conquistadors, les envahisseurs espagnols des années 1500, elle a été abandonnée pour une raison inconnue.

Le MAUSOLÉE de QIN

Tu connais l'armée de terre cuite ? C'est le mausolée de Qin, le tombeau d'un empereur chinois de l'Antiquité. L'endroit mesure 56 km^2. C'est plus de 6 terrains de football !

Ces dimensions montrent bien l'importance de **l'empereur Qin**, l'unificateur de la Chine.

On appelle « **mingqi** » les objets et personnages placés dans les tombeaux chinois.

Le savais-tu ?

On y retrouve plus de **8000 statues** grandeur nature représentant des soldats portant des armes en bronze. Leurs visages sculptés dans l'argile sont **tous différents** les uns des autres.

Ils sont disposés dans la représentation d'une ville immense, comme s'ils étaient toujours vivants et au service de l'empereur.

Le phare d'**ALEXANDRIE**

Avant les radars, les phares servaient à assurer la sécurité des bateaux approchant des côtes et des ports.

Construit il y a **2300 ans**, celui d'Alexandrie mesurait 135 mètres, ce qui en faisait le plus haut de tous. La ville d'Alexandrie était un important centre de commerce et d'échanges culturels en Égypte. Son port, dans la mer Méditerranée, reliait l'Europe et l'Orient.

Il est même considéré comme l'une des sept merveilles du monde antique !

On devait s'assurer que les navigateurs distinguaient bien le rivage pour accoster en sécurité. Le phare d'Alexandrie était construit sur **l'île de Pharos**. C'est le nom de l'île qui a inspiré le mot « phare ».

Le navire d'OSEBERG

À l'époque des Vikings, les personnages importants (roi, reine, chef de clan) étaient enterrés dans des navires.

En 1904, à Oseberg, en Norvège, l'archéologue **Gabriel Gustafson** déterre un bateau viking dans un champ. Deux femmes y sont enterrées, accompagnées de tissus et d'objets utilitaires.

Des cadavres d'animaux sacrifiés leur tiennent compagnie, mais tous **les métaux précieux** ont depuis longtemps été volés par des pilleurs de tombes.

Le navire d'Oseberg est considéré comme **un chef-d'œuvre d'art viking**. Parmi ses trésors, on retrouve des gravures et des sculptures qui témoignent du savoir-faire des artisans nordiques du Moyen-Âge.

Les STATUES de l'île de Pâques

Les impressionnants moaï tournent le dos à la mer, mais on ignore pourquoi. Une seule chose est claire : les statues n'ont pas livré tous leurs secrets.

L'île de Pâques est une île isolée de **l'océan Pacifique**. Les premiers Européens la nomment ainsi parce qu'ils y débarquent le jour de Pâques !

Elle est célèbre pour ses statues géantes, **les moaï**. Ces statues ont été sculptées dans la pierre par les premiers habitants de l'île vers **la fin du 12ᵉ siècle**. Malheureusement, il n'existe pas d'explication claire quant à leur existence.

La pyramide de **KHÉOPS**

C'est la plus grande pyramide jamais construite. Elle a été érigée pour servir de tombeau au pharaon Khéops, il y a 4500 ans.

Non loin de la pyramide de Khéops, on retrouve plusieurs autres pyramides, ainsi que **le célèbre Sphinx** !

Sa base est un carré d'environ **230 mètres** de côté, tandis que sa hauteur originelle était d'environ 146 mètres. On pense qu'elle est construite de **2,5 millions de blocs de calcaire** !

Étrangement, même si elle est connue depuis longtemps, elle recèle encore des secrets ! Dans les dernières années, on y a en effet découvert **des salles inédites**, grâce à de nouvelles technologies.

La Grande MURAILLE de CHINE

La Grande Muraille de Chine est **le plus grand monument construit** par l'homme. Elle a été bâtie pour empêcher les envahisseurs d'entrer en Chine. Sa construction débute il y a plus de 2000 ans, mais ce n'est pas un long mur continu. Elle comprend aussi des tranchées et des obstacles naturels.

En tout, la muraille est longue de plus de **20 000 km**, car elle n'est pas en ligne droite. C'est plus de 3 fois la largeur du Canada !

Le savais-tu ?

Contrairement à la croyance populaire, la Grande Muraille n'est pas visible à l'œil nu de l'espace. Après tout, elle n'a que 6 mètres de largeur en moyenne!

ANGKOR WAT

Angkor Wat est un gigantesque **temple bouddhiste** de la ville d'Angkor, au Cambodge. À l'origine, c'était un temple hindou dédié au dieu Vishnou. C'est l'un des plus vastes sites religieux jamais érigés. Le complexe a été construit au **12e siècle** grâce à 300 000 ouvriers et 6000 éléphants.

Depuis le 15e siècle, il est presque abandonné. Il abrite seulement quelques moines bouddhistes.

Angkor Wat a été découvert par les Européens au milieu du 19e siècle. Il est parmi **les sites les mieux conservés** au monde, mais il faut poursuivre les importants efforts nécessaires pour en assurer la survie.

PÉTRA

Pétra est **un site de Jordanie** prisé par les touristes.

C'est une ville construite dans le grès rouge d'une montagne, comme si elle était gravée dans la pierre. Elle est située sur une ancienne route caravanière, **entre la mer Rouge et la mer Morte**, là où se rencontrent l'Égypte et la péninsule arabe.

Le savais-tu ?

Une partie du film *Indiana Jones et la dernière croisade* a été tournée au célèbre Khazneh !

D'une beauté époustouflante, le site datant de 2600 ans est aussi **un chef-d'œuvre d'ingénierie**. Dans un désert aussi aride, conserver l'eau est un grand défi. À Pétra, des bassins, des réservoirs et des tunnels permettent d'emmagasiner l'eau de pluie.

POMPÉI

En 1748, des fouilles archéologiques débutent près du Vésuve, **un volcan italien**. On y met au jour la ville de Pompéi qui a été ensevelie en l'an 79 par une éruption soudaine.

L'événement a été si surprenant et si rapide que des centaines d'habitants n'ont pas le temps de fuir.

Ils meurent asphyxiés par **les fumées toxiques** ou enterrés par le nuage de cendre.

Quand la lave recouvre la ville, ces citoyens romains se retrouvent **figés dans le temps**.

La PIERRE de ROSETTE

La pierre de Rosette est une énorme pierre gravée qui a permis de comprendre **les hiéroglyphes égyptiens**.

On peut y lire trois textes en trois langues différentes.

Rosette est le nom français du village où est découverte cette stèle par l'armée française de Napoléon.

La pierre de Rosette est un bloc de granit qui pèse plus de **700 kg**.

Jean-François Champollion, un jeune Français qui maîtrise plusieurs langues anciennes, a réussi à traduire **les hiéroglyphes**.

Les **FOSSILES**

Un fossile est une trace de l'existence d'un être vivant. Ses traces sont **conservées** dans le sol.

Sans fossiles, nous ne saurions pas que **les dinosaures** ont déjà existé !

Il y a plusieurs types de fossiles.

On trouve parfois **des empreintes** laissées par un animal.

D'autres fossiles sont des parties dures emprisonnées dans la pierre.

Finalement, certains tissus mous se décomposent en s'imprimant dans des sédiments.

C'est grâce aux fossiles que l'on connaît les animaux et les plantes ayant foulé le sol de la Terre.

On connaît depuis longtemps l'existence **des fossiles**. Par exemple, en Chine, pendant longtemps, on a cru qu'on déterrait des os de dragons !

La grotte de LASCAUX

En septembre 1940, un jeune homme s'aventure dans le trou d'une colline à Lascaux, en France. Avec l'aide de ses amis, il s'y glisse et découvre **une merveille. Des hommes préhistoriques** ont laissé des images peintes qui témoignent de leur vie.

Mieux encore, on retrouve, sur le sol, des objets utilitaires **en os et en silex**. Malheureusement, afin de préserver le site, il n'est aujourd'hui plus possible de visiter la grotte.

Par contre, pour permettre à un maximum de gens d'admirer ces chefs-d'œuvre de l'époque paléolithique, des copies des œuvres sont produites.

Le savais-tu ?

Les « peintures rupestres » dans la grotte de Lascaux datent d'environ 22 000 ans !

La route de **LA SOIE**

Il y a longtemps, un chemin appelé « **la route de la soie** » permettait aux produits chinois de se rendre en Occident.

Des pierres, **des tissus de luxe** (comme la soie), des épices et d'autres produits de grande valeur voyageaient par les différentes routes qui reliaient la Chine à la mer Méditerranée.

Le savais-tu ?

La route de la soie s'étend sur une longueur d'environ 6 000 kilomètres !

Dans les années 1400, des guerres rendent ces passages moins sécuritaires.

C'est ce qui pousse les Européens à chercher une voie maritime vers l'Asie et les amène à **découvrir** l'Amérique.

Les trajets se faisaient à dos de chameau.

L'ADN

Pendant longtemps, nous avons cherché comment fonctionne l'**hérédité**.

La réponse se trouve dans l'ADN.

Cette molécule est l'équivalent d'un mode d'emploi qui indique toutes tes caractéristiques.

Ton ADN est formé par le mélange de celui de tes deux parents.

La compréhension de la structure et du fonctionnement de l'ADN révolutionne ce qu'on sait de la vie !

Sa découverte se fait en plusieurs étapes:

En 1869, on découvre l'acide désoxyribonucléique, l'ADN, dans les cellules.

En 1882, on observe que les chromosomes, composés d'ADN, se divisent et se recopient quand des cellules se divisent.

En 1953, on découvre que l'ADN est une double hélice où chaque branche contient la même information.

Le VACCIN

Un vaccin permet à ton corps de se protéger contre des infections futures. Un vaccin contient habituellement un virus affaibli ou mort. Il n'y a aucun danger, mais ton corps réagit comme s'il était attaqué. Il développe des protections naturelles qu'on appelle les anticorps.

Vers la fin des années 1800, le scientifique Louis Pasteur développe des vaccins avec des virus affaiblis qui sont inactifs. En travaillant ensuite sur la rage, il a réalisé qu'un virus mort permet de provoquer la même protection.

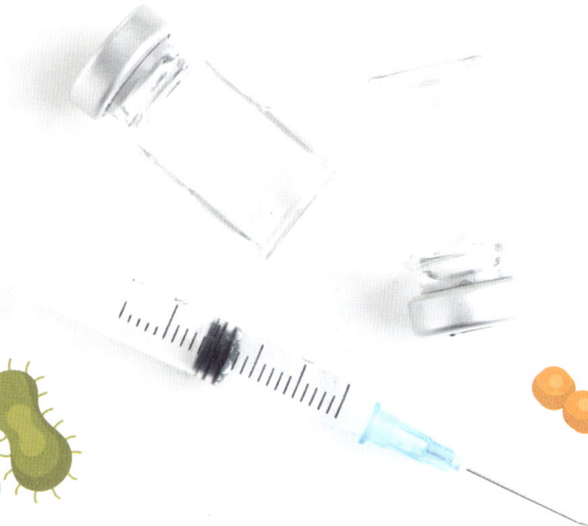

Dans l'Antiquité, on savait déjà que les malades qui avaient survécu à une infection ne l'attrapaient pas une deuxième fois. Le corps avait développé des protections après l'infection.

25

L'ASPIRINE

L'aspirine est le médicament le plus consommé au monde ! Elle a été brevetée par Felix Hoffmann, un chimiste allemand qui travaillait pour la société pharmaceutique Bayer.

C'est en 1899 que le produit a été officiellement commercialisé, mais les bases de la recette existent depuis beaucoup plus longtemps.

Le principal ingrédient de l'aspirine, l'acide acétylsalicylique, provient d'une substance présente dans plusieurs arbres et plantes, dont l'écorce de saule. Nos ancêtres utilisaient déjà des feuilles de saule comme antidouleur.

Chaque année, ce sont plus de 40 000 tonnes d'aspirines qui sont produites dans le monde !

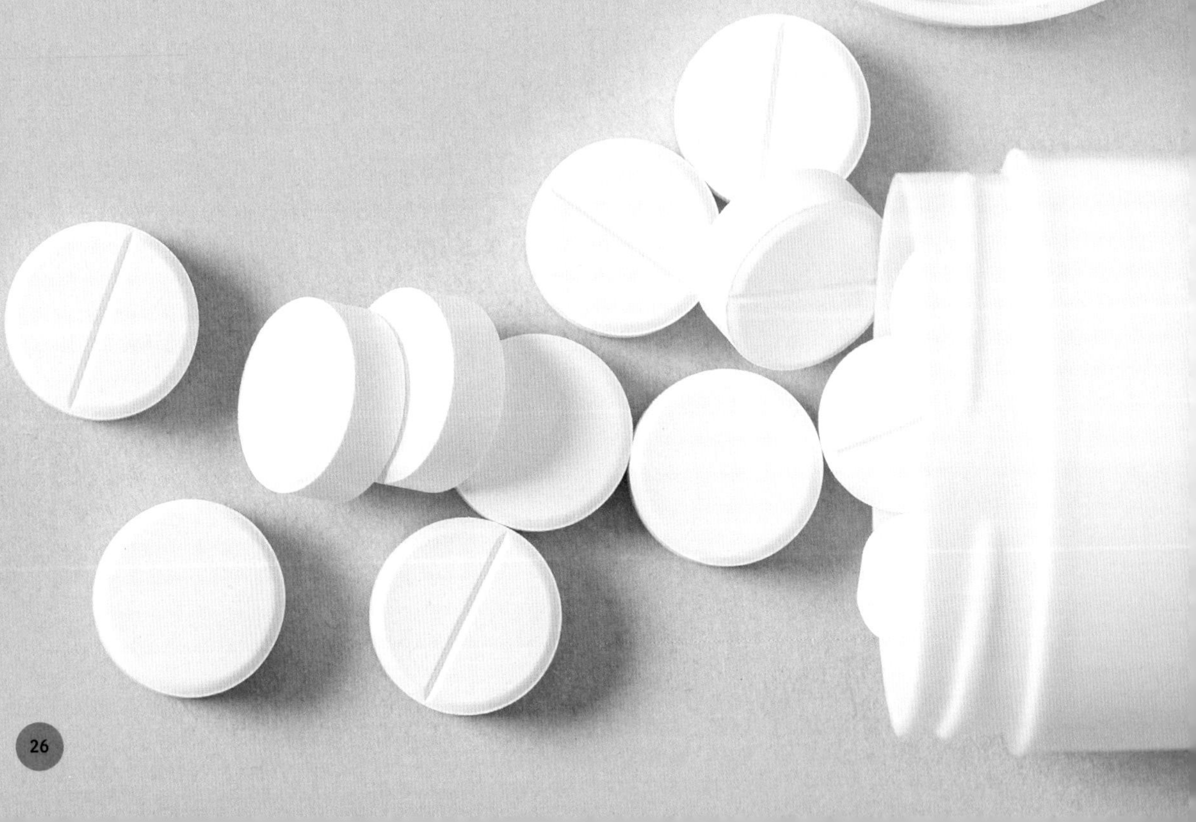

La MORPHINE

La morphine est une substance très forte qui rend les douleurs intenses plus tolérables.

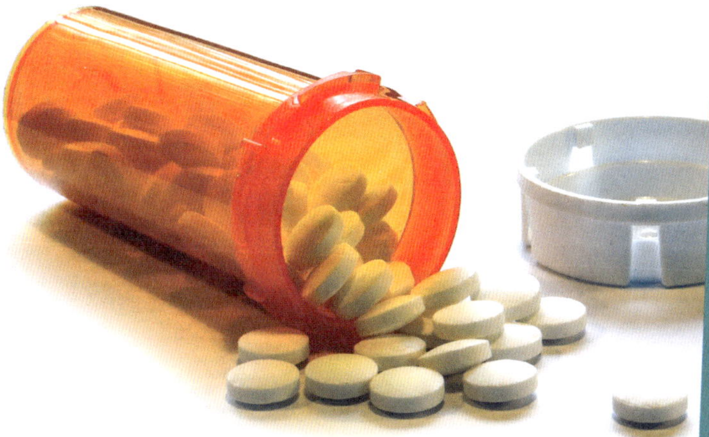

Le savais-tu ?

Comme la morphine endort aussi les gens, on lui a donné un nom inspiré du dieu grec du sommeil, Morphée.

Cette molécule est extraite d'une plante appelée le pavot au début des années 1800. En 1850, on invente la seringue et l'aiguille qui permettent d'injecter de la morphine. On l'utilise alors pour traiter plusieurs maladies.

Le STÉTHOSCOPE

Le stéthoscope est un appareil qui permet d'écouter les sons dans ta poitrine. En 1816, le médecin français René-Théophile-Hyacinthe Laennec ne parvenait pas à bien entendre les battements du cœur d'une de ses patientes. Il enroula un cahier et le posa sur la poitrine de la femme. Il venait d'inventer le stéthoscope !

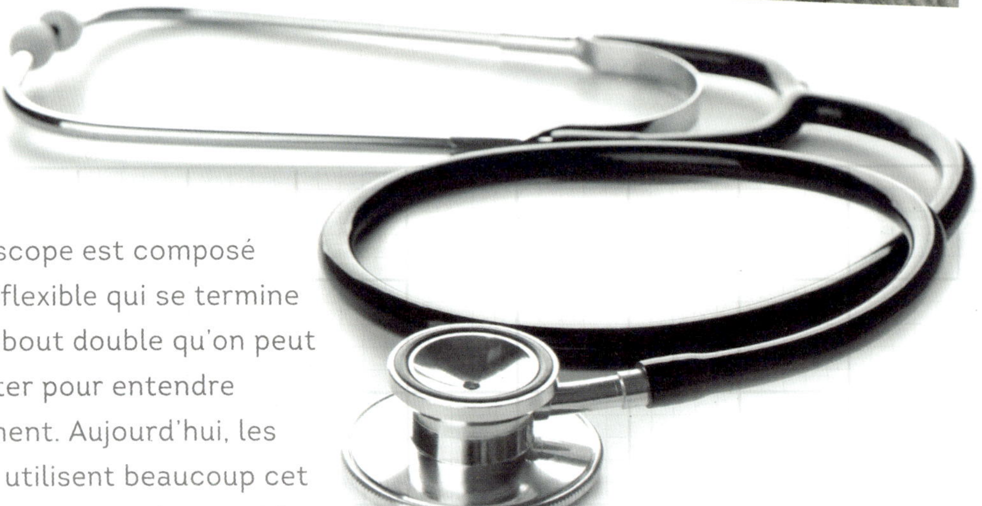

Le stéthoscope est composé d'un tube flexible qui se termine par un embout double qu'on peut faire pivoter pour entendre différemment. Aujourd'hui, les médecins utilisent beaucoup cet instrument qui a révolutionné les examens cardiaques et pulmonaires.

Le MICROSCOPE

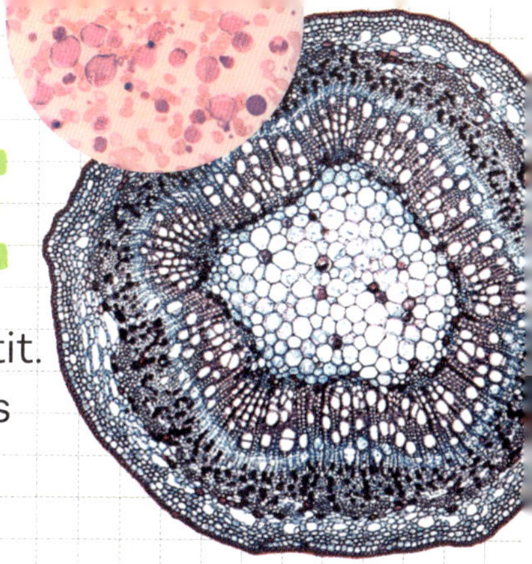

Le microscope permet d'observer l'infiniment petit. Le premier microscope est composé de 2 lentilles placées dans un tube métallique, vers 1595.

Il faut attendre les lentilles achromatiques, qui déforment moins les images, pour qu'on voie clairement les cellules, les bactéries, les virus…
Des chercheurs allemands développent en 1936 le microscope électronique.

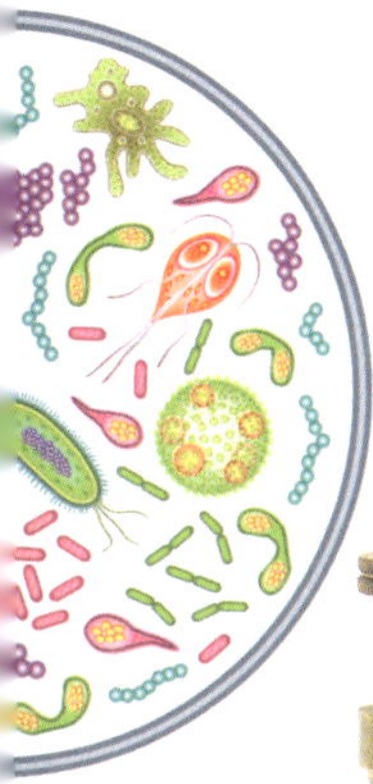

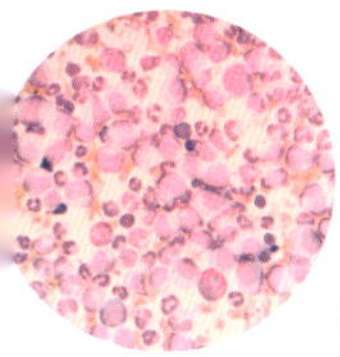

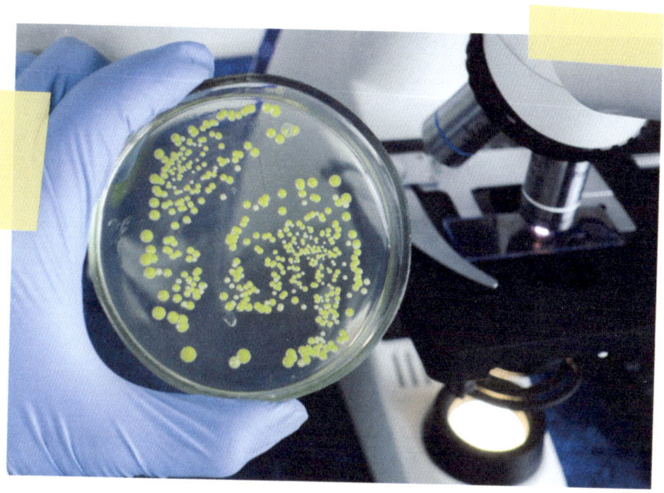

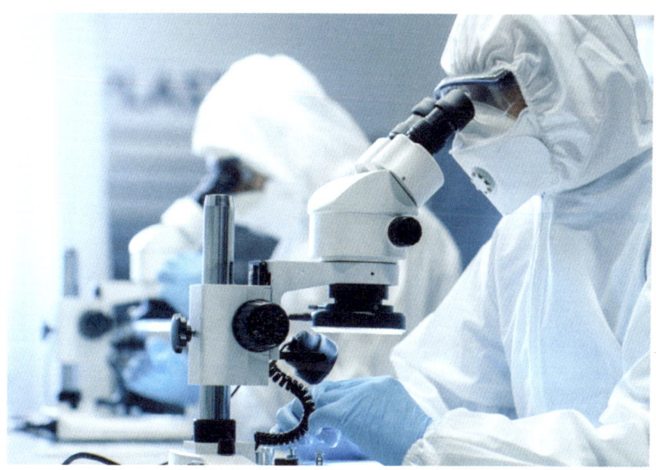

Cet appareil balaie la cible avec un rayon composé d'électrons, ce qui permet de reproduire l'image ainsi captée sur un écran. On peut même « voir » des éléments aussi petits que des atomes !

Le THERMOMÈTRE

Un thermomètre est un instrument de mesure qui permet de connaître la variation de la température. Un premier vrai thermomètre (à air !) est inventé en 1612, mais il n'est pas très précis.

C'est le roi Ferdinand II qui invente le thermomètre à alcool. Le liquide, dans un tube mince, monte ou descend selon la température. En 1714, Daniel Gabriel Fahrenheit invente le thermomètre au mercure. Il invente aussi une échelle de mesure des températures. Anders Celsius développe ensuite une échelle de température plus simple. Il place le 0 comme température où la glace fond et 100 la température où l'eau s'évapore.

Le SCANNER

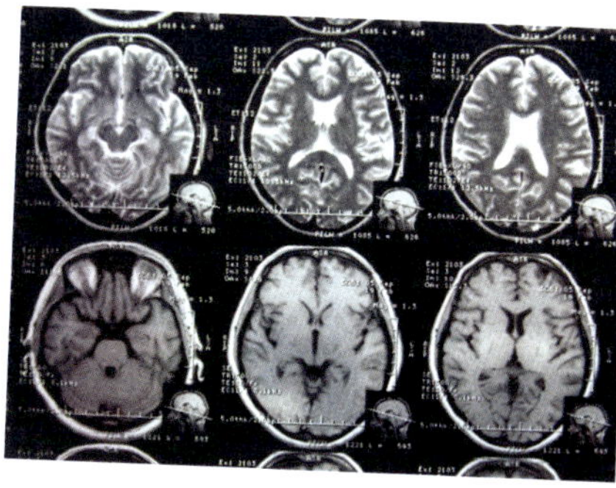

Le scanner permet d'observer ton cerveau et la plupart de tes organes internes grâce à un examen par rayon X. Il est beaucoup plus précis que les radiographies, car l'appareil tourne autour de toi plutôt que de rester fixe.

On utilise le scanner pour détecter des anomalies qui sont moins visibles avec les autres techniques d'imagerie, comme une tumeur, une infection ou une hémorragie.

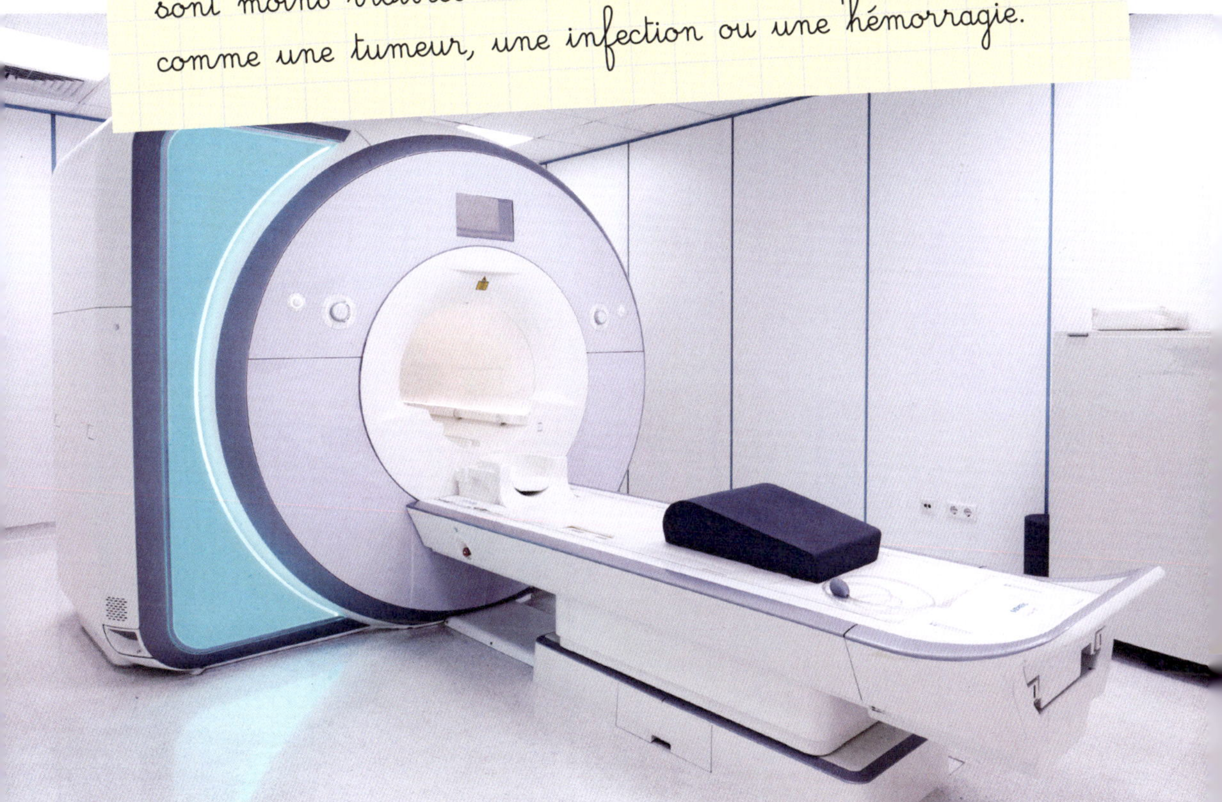

Ce sont l'ingénieur britannique Godfrey Newbold Hounsfield et le physicien américain Allan MacLeod Cormack qui ont inventé cet appareil, en 1972. Leur invention était si révolutionnaire qu'ils ont remporté le prix Nobel de médecine en 1979 !

La PÉNICILLINE

Plusieurs scientifiques ont longtemps cherché à contrôler les bactéries infectieuses. Le hasard les a bien aidés.

PREMIER HASARD : on raconte qu'à son retour de vacances, le chercheur Alexander Fleming a vu que les bactéries sur lesquelles il travaillait avaient été détruites par un champignon, le penicillium notatum.

ON COMMENCE ALORS À PRODUIRE DE LA PÉNICILLINE !

DEUXIÈME HASARD : un jour, une secrétaire du laboratoire montre son melon moisi aux scientifiques. Ils découvrent alors que le champignon penicillium chrysogenum est beaucoup plus puissant que le premier, car il permet de produire la pénicilline en grande quantité.

Grâce à ces champignons, nous pouvons maintenant **sauver** beaucoup de vies !

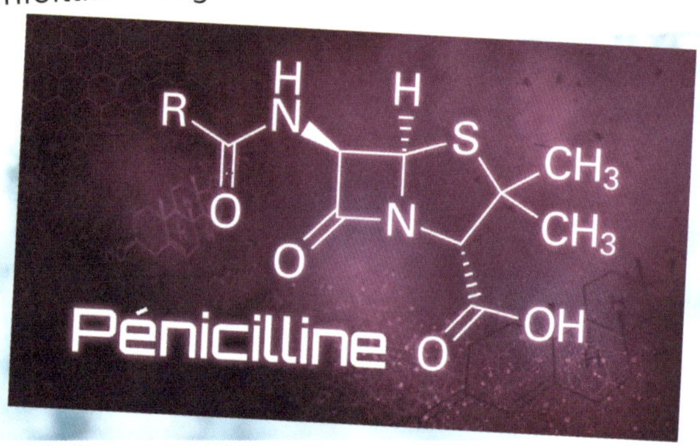

Le RAYON X

C'est le physicien Wilhelm Röntgen qui invente, involontairement, la radiographie aux rayons X. Dans une chambre noire, il faisait passer un courant électrique dans une ampoule de verre contenant un gaz.

Entre l'ampoule et la plaque photographique, il y a des objets qui bloquent la lumière. Malgré tout, une réaction se produit sur la plaque !

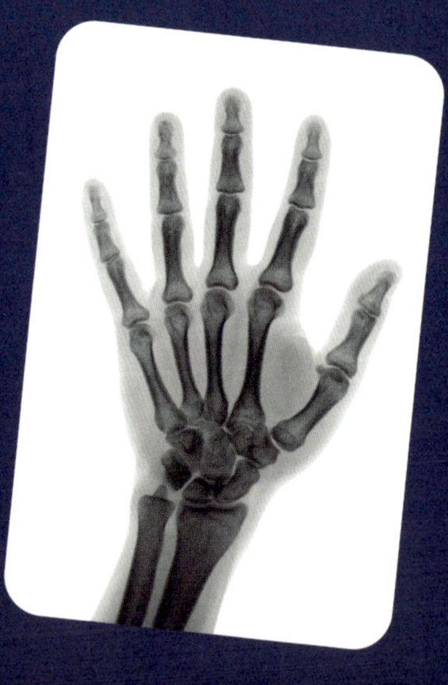

Le vaccin contre la **TUBERCULOSE**

La tuberculose est **une grave infection** attaquant le système respiratoire.

En 1878, un bactériologiste découvre la bactérie qui provoque la tuberculose.

Des chercheurs essaient donc de développer un vaccin pour **la combattre**.

C'est ainsi qu'on infecte des veaux avec une bactérie causant la tuberculose. Les animaux ne développent pas la maladie !

Au début des années 1800, en Europe, un décès sur sept est lié à cette maladie.

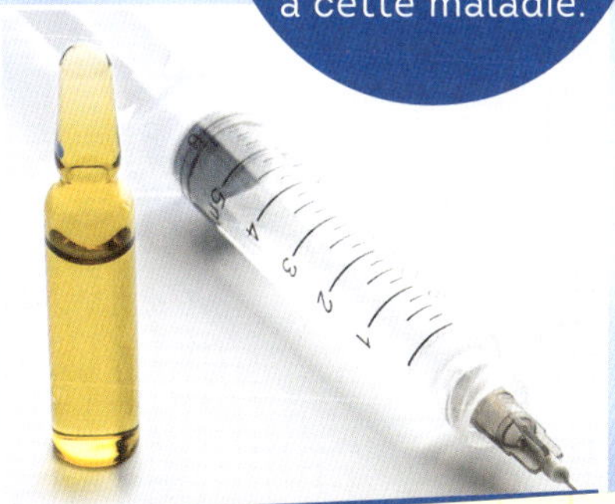

En utilisant les cellules infectées qui ne sont pas malades, on développe des bactéries inoffensives pour l'humain, qui nous permettent de développer des anticorps. Le vaccin pour la tuberculose pouvait maintenant sauver des millions de vies !

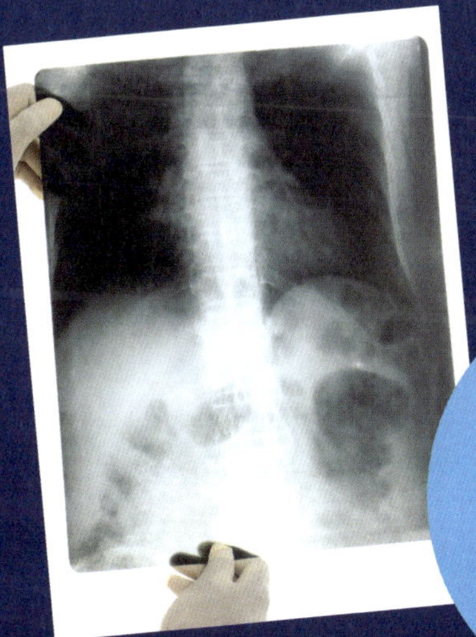

Le physicien comprend qu'un rayon traverse les objets. Il est cependant bloqué par les os ! La main du chercheur provoque une ombre sur la plaque photographique.

Il a nommé ce rayonnement « rayon X », car c'est la lettre qu'on utilise en mathématique pour identifier une variable inconnue.

La SERINGUE

Une seringue est un tube en verre creux muni d'un piston. Souvent, en médecine, on insère au bout de la seringue une aiguille métallique creuse. Son extrémité pointue permet de pénétrer sous la peau.

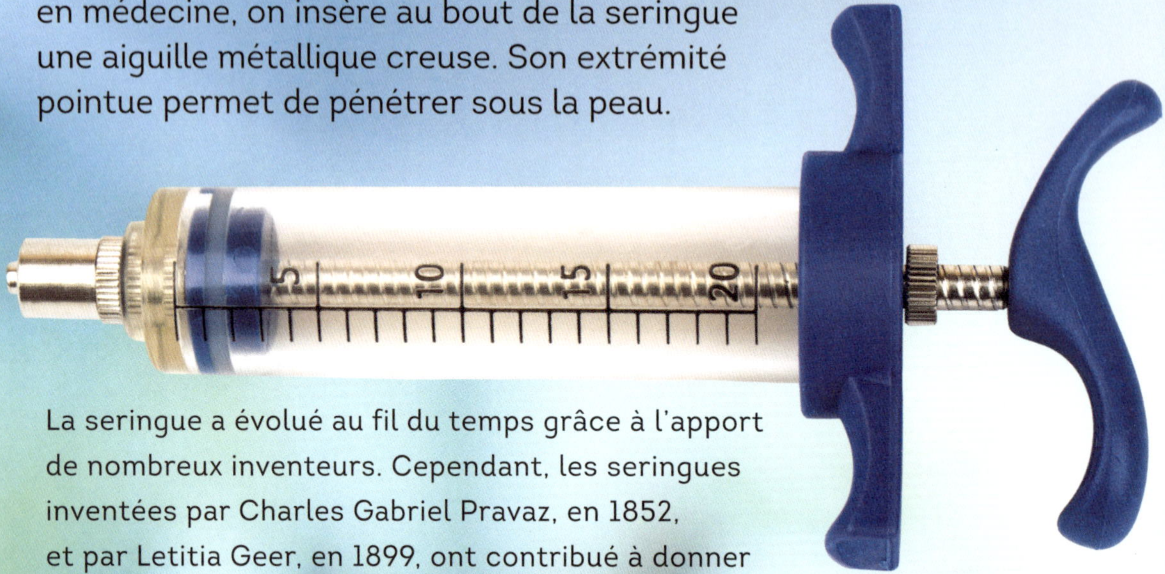

La seringue a évolué au fil du temps grâce à l'apport de nombreux inventeurs. Cependant, les seringues inventées par Charles Gabriel Pravaz, en 1852, et par Letitia Geer, en 1899, ont contribué à donner sa forme actuelle à cet instrument médical.

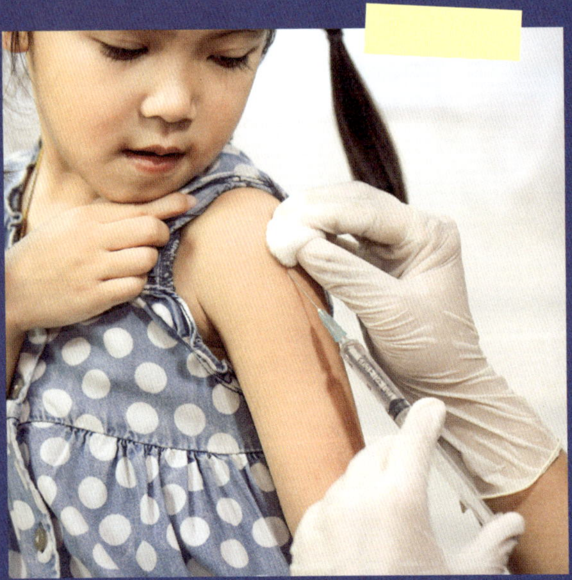

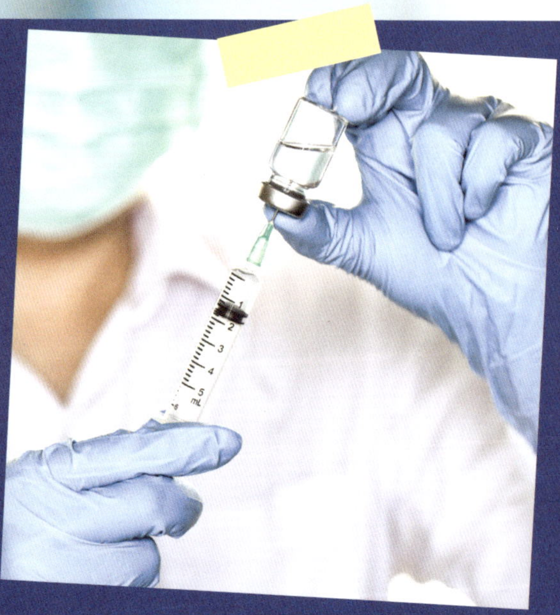

Si on pousse le piston, on t'injecte un médicament ou un vaccin. Si on tire le piston, on aspire un liquide. C'est ce qui se produit quand on te fait une prise de sang, par exemple.

La TRANSFUSION SANGUINE

La transfusion sanguine débute dans les années 1600, avec du sang d'agneaux et de veaux ! Ce n'est pas un grand succès.

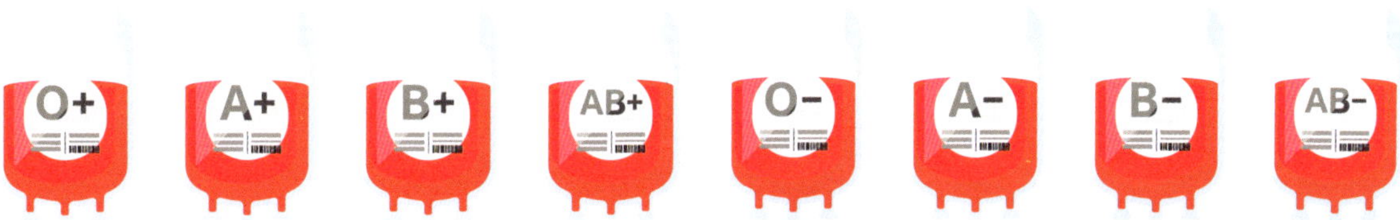

Au début des années 1800, les premières transfusions de sang humain ont été réalisées. À l'époque, les médecins branchaient directement les patients ensemble, d'une veine à l'autre.

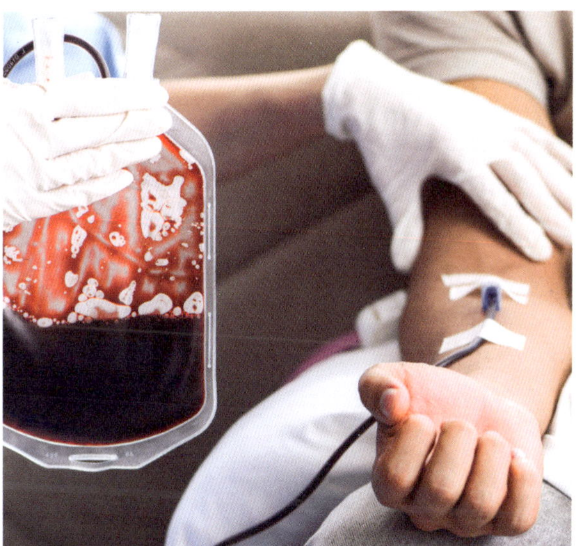

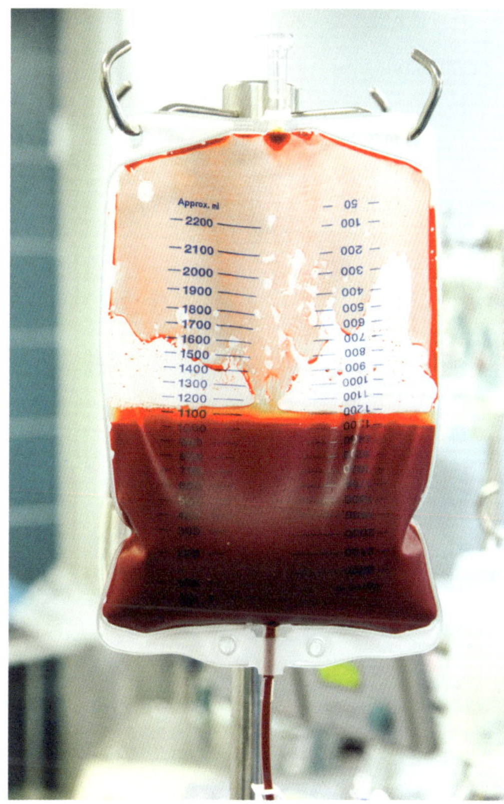

Dans les années 1900, des chercheurs découvrent les groupes sanguins A-B-AB-O. Certains groupes sont compatibles avec d'autres. Ce n'est pas parfait. On découvre qu'il y a deux variantes : le facteur rhésus. C'est ce qui fait le + et le − des groupes sanguins. Et enfin, il y a les anticoagulants, qui permettent de conserver le sang pendant quelques jours.

Le papyrus EDWIN SMITH

Le papyrus chirurgical Edwin Smith est le plus ancien document médical de l'Égypte ancienne ! Il date de plus de 1500 ans avant notre ère.

Son nom vient du collectionneur qui l'a acheté, Edwin Smith.

En 1930, le document fut traduit de l'égyptien par James Breasted. Ce qu'il découvrit révolutionna la médecine à tout jamais !

Les papyrus de cette époque proposaient des traitements médicaux basés sur la magie et les incantations.

Le papyrus Edwin Smith est le premier à promouvoir une approche rationnelle.

Le texte contient **48 types** de blessures corporelles, ainsi que leur traitement.

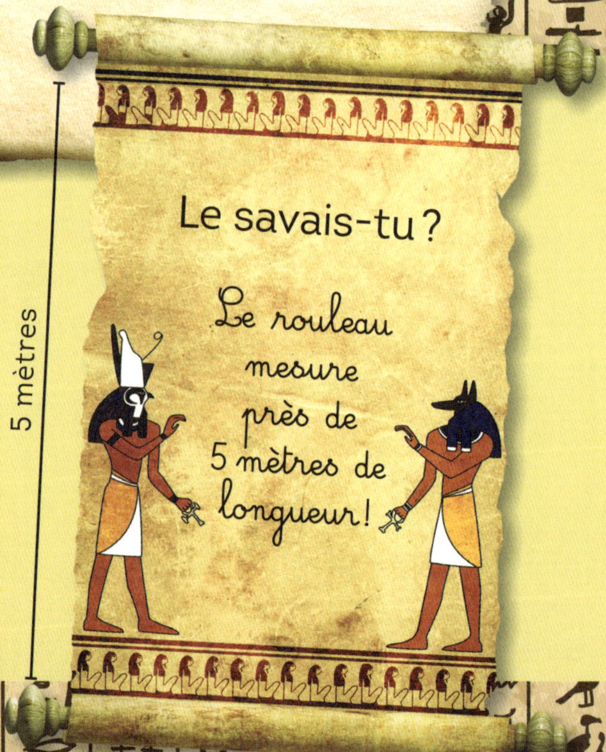

La **THÉORIE** de **DARWIN**

À l'époque, certaines théories avançaient que les animaux acquéraient des caractéristiques qui étaient transmises à **leurs descendants**.

C'était faux.

C'est le naturaliste Charles Darwin qui propose une autre idée après son voyage autour du monde entre 1831 et 1836.

Darwin a élaboré la théorie de l'évolution par la sélection naturelle, qui postule que les espèces doivent s'adapter à leur environnement pour survivre et que les traits génétiques les mieux adaptés ont plus de chances de se reproduire.

À chaque nouvelle génération, il se produit de petites **mutations génétiques** chez les êtres vivants.

La TECTONIQUE des PLAQUES

Quand les Européens dessinent les côtes de l'Amérique du Sud sur leurs cartes, ils remarquent que **le tracé s'emboîte** presque parfaitement avec les côtes de l'Afrique.

En 1910, un géologue américain suggère que les continents n'ont pas toujours été à la même place.

Ils ont bougé depuis la création de la Terre.

Quand ils s'éloignent, des océans apparaissent. Quand ils se rapprochent, des chaînes de montagnes émergent.

Le savais-tu ?

Les tremblements de terre étant plus forts à certains endroits du globe, les scientifiques comprennent qu'ils sont produits par des mouvements souterrains.

C'est ainsi qu'on découvre l'existence de plaques rocheuses, qu'on appelle « plaques tectoniques », sous le plancher océanique.

La chaleur dégagée par le noyau rocheux au centre de la Terre serait la cause du mouvement des plaques.

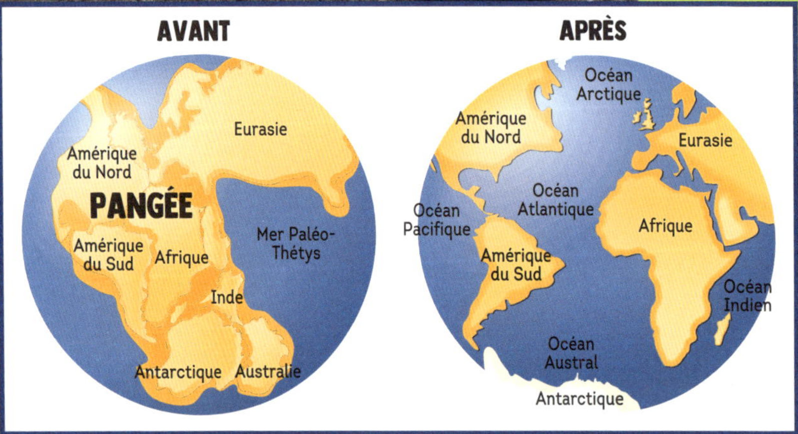

L'énergie SOLAIRE

Il y a longtemps que l'être humain utilise l'énergie provenant du Soleil. Par exemple, quand tes vêtements sèchent sur la corde à linge, tu utilises l'**énergie thermique du Soleil**!

Une légende raconte qu'Archimède, dans l'Antiquité, aurait utilisé des miroirs pour concentrer les rayons du Soleil et incendier les bateaux des envahisseurs.

On ne sait pas si cette histoire est vraie, mais l'énergie lumineuse solaire peut réellement provoquer la combustion de matériaux ou même la fusion de métaux !

Toute la lumière possède une énergie. C'est cette énergie « solaire » que les cellules photovoltaïques transforment en électricité.

L'ÉLECTRICITÉ

L'électricité est une découverte qui a été utilisée bien avant d'être comprise. On sait depuis longtemps que **le frottement peut produire de l'électricité** (statique), sans savoir l'expliquer.

Benjamin Franklin, vers 1750, pense qu'un corps frotté ne produit pas de l'électricité. Selon lui, le corps électrifié « **emprunte** » l'électricité à quelque chose d'autre. Il devient positif, tandis que l'autre corps devient négatif.

En effet, on sait aujourd'hui que l'électricité est produite par **une circulation d'électrons**. Il y a donc réellement un échange. Franklin avait raison !

Les **ONDES**

Une onde **électromagnétique** se déplace à une vitesse proche de celle de la lumière, autant dans le vide que dans l'air.

Les ondes sont classées selon leur fréquence ou leur longueur d'onde.
La fréquence est le nombre de « vagues » par seconde.
La longueur d'onde, quant à elle, est **la distance entre deux vagues**.
Chaque longueur d'onde correspond à une couleur.
Il y a aussi d'autres ondes, comme l'infrarouge (plus longue) et l'ultraviolet (plus courte).

La POUDRE NOIRE

En Chine, **les feux d'artifice existent** depuis les années 1000. Ils étaient propulsés dans le ciel par un mélange de poudre, comprenant du salpêtre, du soufre et du charbon.

Si on mélange bien ces produits, ils brûlent en libérant du gaz.

Si on place la réaction dans un tube fermé,la pression monte.

En ouvrant une extrémité, le gaz est expulsé et propulse le tube dans les airs.

Les sages chinois qui découvrent la poudre noire avaient pour but de découvrir le secret de l'immortalité. C'est plutôt le contraire qui se produit : ils ont ouvert la porte à **de grands massacres**, par l'invention d'armes utilisant la puissance de la poudre noire.

En 1887, Heinrich Hertz produit des ondes encore plus longues, qu'on nomme les ondes «radio».

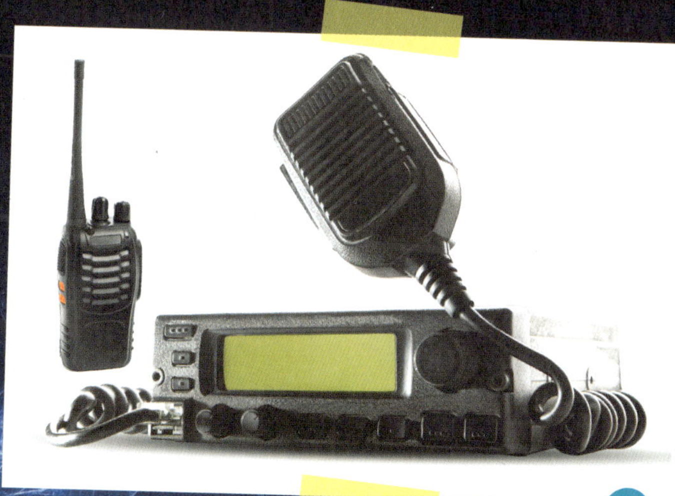

Le principe du **LEVIER**

Le levier est **une machine simple**.
Une machine facilite l'exécution d'un travail en diminuant la force nécessaire pour l'accomplir. L'assemblage de plusieurs machines simples produit une machine plus complexe.

Le levier repose sur un principe simple : si on utilise une pièce rigide qu'on appuie sur un pivot, déplacer un objet demande moins de force.
Plus on augmente la distance entre les éléments, plus le déplacement est facile.

Si le pivot est au centre, c'est un levier **inter-appui**.

Si l'objet à déplacer est au centre, il s'agit d'un levier **inter-résistant**.

Finalement, si la force est appliquée au centre, c'est un levier **inter-effort**.

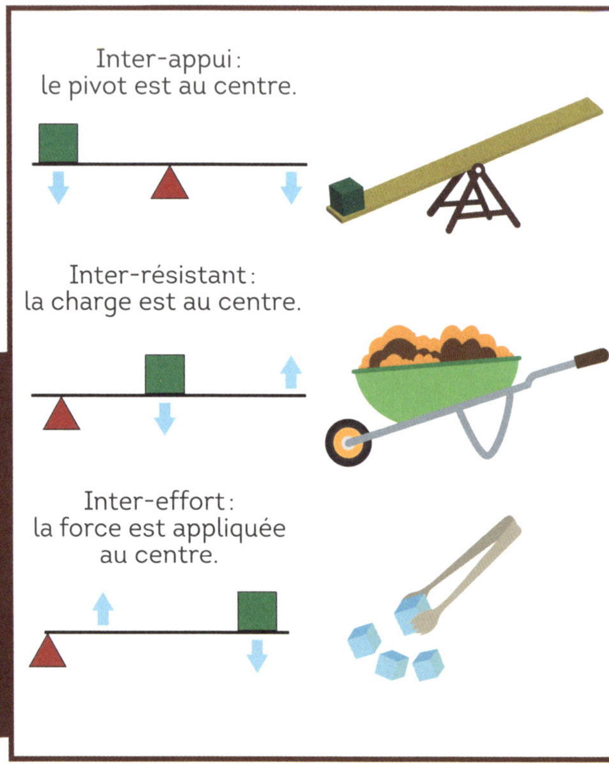

La **ROUE**

Pour déplacer des charges lourdes, on peut les soulever, si possible, ou encore les faire glisser, ce qui demande une grande force. Par contre, si on utilise un mouvement de rotation sous l'objet, le déplacement devient **plus facile**.

C'est ainsi qu'on déplace des pierres lourdes sur des rondins de bois, il y a plus de **5000 ans**.

En remplaçant les rondins par des disques attachés à des essieux, c'est plus efficace.

Le **PLAN INCLINÉ**

Le plan incliné est une machine simple, comme le levier, car il permet de faciliter le déplacement de **charges lourdes**.

Le plan incliné est une surface placée à angle par rapport au sol. C'est donc une pente à monter ou descendre, ce qui demande moins de force.

Plus l'inclinaison est faible, moins la force nécessaire est importante. Toutefois, la distance à parcourir est plus grande !

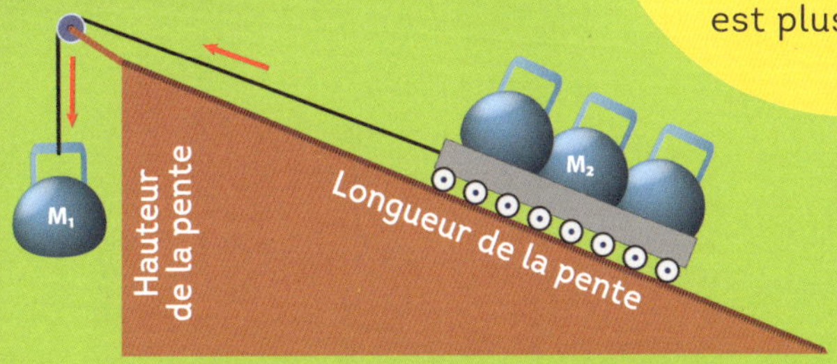

Le coin, comme une tête de hache, est une autre machine simple constituée de 2 plans inclinés collés dos à dos.

L'escalier est un plan incliné que nous utilisons tous les jours !

Cependant, comme ces disques sont lourds, on développe les roues avec rayons, qui sont aussi solides, mais moins difficiles à déplacer.

C'est ainsi que **la roue** prend une forme plus moderne !

La découverte de l'IODE

L'iode est essentiel à **la biochimie humaine**. Nos glandes thyroïdes en contiennent. Pour éviter d'en manquer, on en ajoute au sel de table.

La découverte de cet élément s'est faite par hasard. Un chimiste français, Bernard Courtois, brûlait des algues pour fabriquer du nitrate de potassium.

Des vapeurs violettes se dégageaient de son expérience. Il a condensé les vapeurs en cristaux. **Il avait découvert l'iode.**

Les habitants des environs de centrales nucléaires reçoivent **des capsules d'iode** à prendre en cas d'urgence.

Si de l'iode radioactif est libéré dans l'air, il pourrait s'imposer dans nos glandes thyroïdes, ce qui provoque **des cancers**.

L'iode en capsule **empêche** l'iode radioactif de nous contaminer.

La RADIOACTIVITÉ

La radioactivité est **un phénomène naturel**... et une affaire de famille!

En 1896, Henri Becquerel découvre que de l'uranium, en l'absence de lumière, laisse quand même des impressions sur **des plaques photographiques**.

L'uranium produit donc des rayons.

L'INFRAROUGE

En 1800, William Herschel décide de mesurer **la température** des couleurs contenues dans la lumière. Il décompose donc la lumière à l'aide d'un prisme de diffraction et place un thermomètre dans chaque couleur.

Il en place un au-delà de la lumière rouge. Il est surpris d'y voir que la température y est plus élevée.

C'est la première découverte d'**une onde électromagnétique**, qu'Herschel nomme « rayon calorifique », car le rayonnement est doté d'une haute température.

Il venait de découvrir la lumière infrarouge, qu'on ne voit pas à l'œil nu.

Marie Curie, une scientifique réputée, découvre rapidement que d'autres éléments émettent des radiations et elle nomme ce phénomène « **radioactivité** ».

Avec son époux, Pierre Curie, elle continue ses recherches. Ils sont rejoints par leur fille Irène et leur gendre Frédéric, qui découvrent **la radioactivité artificielle**.

Comme on peut désormais créer de la radioactivité, on peut s'en servir pour produire de l'énergie.

La **NAVIGATION**

Il y a **2200 ans**, Archimède aurait remarqué que son entrée dans son bain provoquait un débordement.

Il en conclut que tout corps qui exerce une force (son poids) sur un fluide est repoussé par une force égale au poids du fluide déplacé.

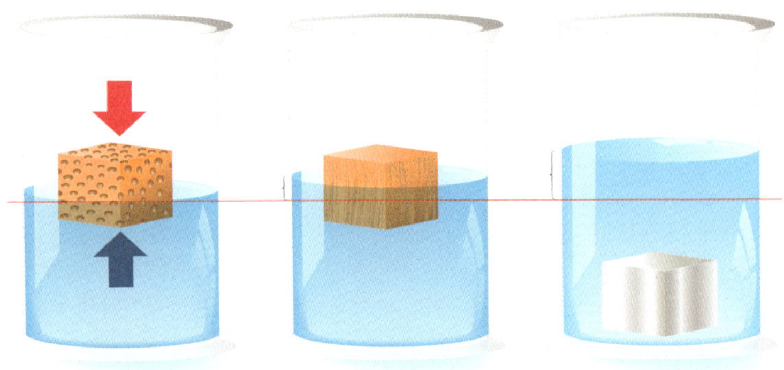

Si on reformule cette conclusion, cela signifie que si un objet coule, c'est que son poids est plus élevé que le poids du fluide déplacé.

Donc, plus on étale la masse d'un objet lourd sur une plus grande surface, plus on déplace de liquide, donc plus le liquide pousse sur l'objet… **ce qui le fait flotter** !

Le savais-tu ?

C'est pour cette raison qu'un paquebot **très lourd** peut naviguer sur l'eau !

Le VELCRO

Le velcro (velours-crochet) est **inspiré de la nature**, copiant le principe des chardons.

Un ingénieur suisse qui se promenait dans les bois avec son chien a remarqué que les chardons étaient difficiles à enlever des poils de son animal de compagnie. En les examinant, il a remarqué la forme particulière **des aiguilles des chardons**. Elles se terminaient par des crochets qui s'agrippaient aux poils.

Dix ans plus tard, il avait développé une attache auto-agrippante formée de deux bandes : boucles de textile d'un côté, petits crochets flexibles de l'autre. L'ensemble est à la fois solide et facile à détacher.

L'ARGILE

L'argile est une roche sédimentaire qui ramollit en présence d'eau, ce qui la rend facilement **malléable**.

Le savais-tu ?

On estime que l'argile est utilisée depuis au moins **15 000 ans**, car c'est une substance très présente dans la nature.

En l'absence d'humidité, si on la sèche au soleil, par exemple, l'argile devient solide, mais il suffit d'un peu d'eau pour qu'elle puisse être remodelée. Par contre, si on la sèche à de plus hautes températures ou très longtemps au soleil, il est possible d'en faire des récipients résistants et même des murs de maison !

On peut aussi solidifier l'argile en y ajoutant d'autres matériaux, comme de la paille, par exemple.

LES FALAISES D'ARGILE DE GAY HEAD AUX ÉTATS-UNIS

Le FEU

Il est impossible de savoir avec précision quand la maîtrise du feu a été acquise par les êtres humains ou par d'autres hominidés.

Les plus vieilles traces de foyers datent d'environ **450 000 ans**, mais on croit que le feu a pu être domestiqué il y a **800 000 ans**.

Toutefois, il est impossible de savoir si ces hominidés savaient allumer le feu ou seulement l'entretenir.

Le feu est important dans notre histoire.

Par exemple, il a permis l'émergence de techniques de transformation des matériaux : la pointe d'une lance légèrement brûlée est plus solide.

Un autre avantage du feu réside dans la cuisson de la nourriture, la rendant plus digeste et facile à manger.

Le VERRE

La légende veut que le verre soit le résultat d'un hasard. Des marins désirant allumer un feu ont délimité le foyer avec des blocs de soude. **La soude et le sable auraient fusionné en pâte de verre !**

Les plus anciens objets en verre retrouvés en Égypte par les archéologues sont âgés de **5000 ans**.

C'est 1500 ans plus tard que le travail du verre devient populaire.

Cependant, c'est grâce au **soufflage du verre**, qui permet d'en faire des contenants, que ce matériau va pouvoir se répandre, il y a environ 2000 ans.

Les RUÉES VERS L'OR

Le 24 janvier 1848, un charpentier trouve **des flocons d'or** dans une rivière, en Californie. C'est le début de ce qu'on a appelé la « ruée vers l'or » de la côte ouest américaine.

Au Canada, c'est au **Yukon** qu'il y a une ruée vers l'or, mais à plus petite échelle.

Le savais-tu ?

L'or serait arrivé sur Terre il y a plusieurs milliards d'années, lorsque deux petites étoiles sont entrées en collision.

Quand **les Espagnols** arrivent en Amérique, ils se ruent vers l'or des Incas, des Mayas et des Aztèques.

Les **DIAMANTS**

Un diamant est une forme pure de **carbone**. Ce minerai est formé par la compression de carbone sous haute pression dans les couches inférieures de la croûte terrestre.

Si les conditions sont différentes, les atomes de carbone se réorganisent et le diamant devient du **graphite**. Si le diamant est dur et scintillant, le graphite est mou et noir. Pourtant, les deux minerais sont formés des mêmes atomes !

En plus d'être **une pierre précieuse rare** de grande valeur, le diamant est utilisé dans différentes industries pour sa dureté : il est capable de couper d'autres matériaux solides.

La couronne de la princesse Blanche d'Angleterre était ornée de diamants qui n'ont pas été taillés.

Depuis 1953, nous savons fabriquer des diamants artificiels qui ont **les mêmes propriétés** que les véritables diamants, sans en avoir la valeur.

Les **PERLES** de **TAHITI**

On a retrouvé des perles dans des tombeaux datant de plus de **32 000 ans** ! C'est donc dire que ces pierres précieuses rondes accompagnent l'être humain depuis longtemps.

Les perles sont produites par des mollusques, plus précisément des huîtres perlières. Elles réagissent à la présence d'un corps étranger (une poussière) en l'enrobant de **carbonate de calcium**.

La nacre qui compose les perles recouvre aussi l'intérieur des huîtres. On l'utilise pour **la beauté de ses reflets.**

Si les perles sont habituellement blanches ou de couleur pâle, **les perles de Tahiti** sont réputées pour leur couleur plus foncée. Les perles noires sont les plus rares et ont donc une plus grande valeur.

La FOSSE des MARIANNES

Tu as envie de te retrouver au point le plus près du noyau terrestre ? Dans ce cas, tu dois te rendre dans **la fosse des Mariannes**, à Challenger Deep, dans l'océan Pacifique.

La fosse a été découverte en 1875. À l'époque, on estimait sa profondeur à 8 000 mètres, alors qu'elle avoisine plutôt les **11 000 mètres**. En 1960, deux explorateurs y descendent et y découvrent des formes de vie nouvelles.

En 2012 et en 2019, deux autres hommes se rendent à Challenger Deep, ce qui porte le total à quatre. Cela signifie que plus d'hommes se sont rendus sur la Lune qu'à l'endroit le plus profond sur Terre !

La GRANDE BARRIÈRE de CORAIL

La Grande Barrière de corail regroupe 400 espèces de coraux, plus de 1500 espèces de poissons et 4000 espèces de mollusques.

C'est le plus grand récif corallien au monde. Cette oasis de vie se situe dans l'océan Pacifique, près de la côte australienne.

Malheureusement, la pollution et le réchauffement climatique menacent la survie de plusieurs des espèces de la Grande Barrière.

Si les aborigènes en connaissent l'existence depuis longtemps, les Européens la découvrent quand l'explorateur James Cook s'y échoue en **1770**.

Sans le savoir, le marin venait de découvrir **la plus grande** structure d'êtres vivants au monde !

Le **DÉTROIT** de **BÉRING**

Comment les peuples autochtones sont-ils arrivés en Amérique ? Ils ont probablement traversé le détroit de Béring, situé **entre la Sibérie et l'Alaska**.

Des recherches récentes ont permis de réaliser une carte de cette région du monde telle qu'elle était il y a **18 000 ans**. C'était une bande de terre aride qu'on aurait pu traverser à pied.

Le savais-tu ?

Les autochtones auraient suivi leur bétail en Amérique sans même savoir qu'ils découvraient **une nouvelle terre** !

Le premier explorateur à avoir visité la mer qui sépare l'Asie et l'Amérique est le navigateur danois Vitus Béring, dans les années 1700.

Le **VIN** de **GLACE**

Le vin de glace a été découvert par des cultivateurs allemands en 1794. Comme plusieurs découvertes, celle-ci est le fruit d'**un hasard**.

La légende raconte qu'un froid inattendu avait gelé les raisins sur la vigne. Les cultivateurs ont décidé de les presser quand même. **Le résultat a été un vin sucré et doux**.

Maintenant, on produit du vin de glace dans plusieurs pays nordiques.

On récolte le raisin seulement lorsqu'il est bien gelé. Ensuite, on le presse en le filtrant.

Le savais-tu ?

Le raisin gelé produit 1/5 de son jus habituel, car une grande partie de son eau est cristallisée. C'est pourquoi le vin de glace est cher : il est plus rare !

Le COCA-COLA

Le pharmacien **John Pemberton** a inventé le Coca-Cola pour remplacer un sirop désaltérant qu'il commercialisait déjà. Pour enlever l'alcool, il a mélangé diverses substances, dont des extraits de feuilles de coca, des noix de Kola, du sucre et de la caféine.

Le mot « cola » vient de la noix de kola, qui contient de la caféine.

FEUILLES DE COCA

Ainsi, la première recette de Coca-Cola contenait **deux stimulants**, l'un provenant du coca, l'autre du kola.

La SAUCE WORCESTERSHIRE

La sauce provenant de Worcester, en Angleterre, est à la fois **aigre-douce et piquante**.

Elle a été inventée par deux chimistes. Ils cherchaient à reproduire le goût d'un mets indien pour plaire à un noble.

C'est ainsi que John Wheeley Lea et William Perrins ont mélangé des ingrédients comme la mélasse, le vinaigre, des anchois, des épices... mais le résultat n'était pas fameux. Ils ont laissé leur mixture dans un bocal, dans une pièce sombre.

Le savais-tu ?

Quelques années plus tard, ils ont retrouvé par hasard leur mélange.

Ils y ont goûté... et **c'était délicieux** !

Le mélange avait fermenté !

C'est ainsi que cette sauce est devenue **un incontournable** de centaines de recettes !

La découverte du **NUTELLA**

Une légende entoure la découverte du Nutella.
On raconte que **la famille Ferrero** cherchait à créer un chocolat à étendre sur le pain. Cependant, comme le chocolat coûtait cher, le produit était hors de prix.

Cependant, en Italie, les noisettes sont très répandues.

Le savais-tu ?

En réduisant les noisettes en poudre et en y ajoutant du cacao, on peut facilement obtenir des barres solides qui goûtent le chocolat et qu'on peut découper en tranches sur le pain.

En ajoutant du sucre et des huiles végétales, ils ont inventé **le Nutella** facile à tartiner que tu connais.

La GOMME à MÂCHER

La paternité de la gomme à mâcher (le fameux chewing-gum !) pourrait être réclamée par plusieurs inventeurs.

D'un côté, John Curtis utilise **la résine d'épicéa** pour fabriquer une gomme à mâcher.

De l'autre côté, Thomas Adams en fabrique avec le chiclé, le latex laiteux provenant du **sapotillier**, un arbre du Mexique.

Un autre inventeur, William Finley Semple, invente une gomme faite de différents produits et obtient un brevet.

En outre, on sait que la gomme à mâcher existait déjà chez plusieurs peuples anciens.

Le savais-tu ?

Des squelettes retrouvés un peu partout dans le monde prouvent que les êtres humains mâchent différentes mixtures de résines d'arbres depuis des millénaires !

La découverte des **CROUSTILLES**

La croyance populaire raconte que les croustilles ont été inventées par un chef cuisinier de la région de Saratoga Springs.

George Crum a préparé des frites qui n'ont pas plu à un client. Le chef aurait alors décidé de trancher les pommes de terre très minces, pour servir des frites encore moins bonnes. **Le résultat a ravi le client.**

Si les chips sont aujourd'hui courantes et à un coût abordable, elles étaient, au départ, des produits rares et **de luxe** !

Cette histoire semble malheureusement fausse. Il existe des publicités pour de délicieuses chips datant d'avant cette légende dans la même région.

LES découvertes sur L'ESPACE

Le SYSTÈME SOLAIRE et le SOLEIL

Le système solaire est constitué d'une étoile centrale, le Soleil, autour de laquelle gravitent différents types d'objets célestes : des planètes – telluriques, géantes et naines –, des astéroïdes et des comètes.

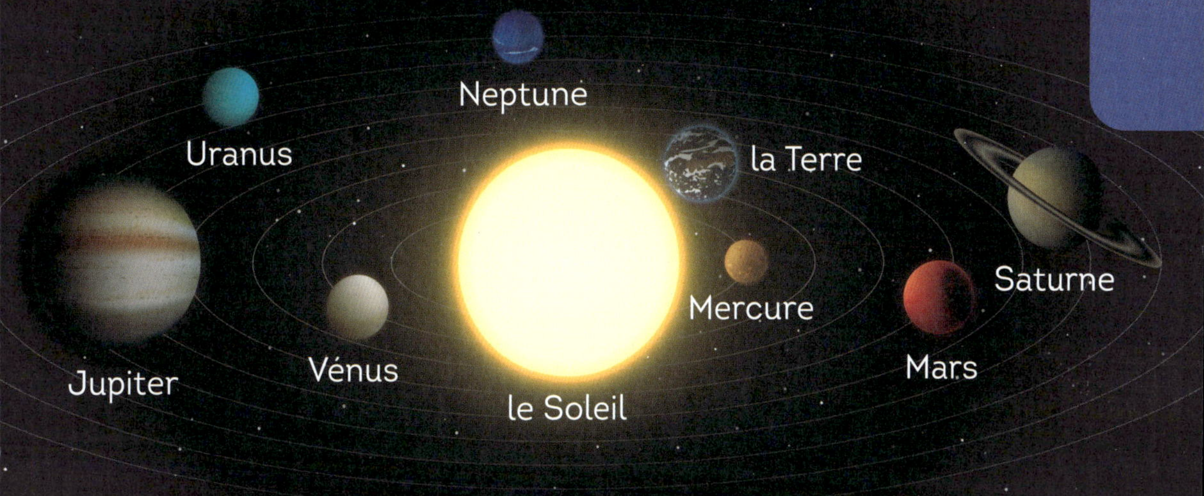

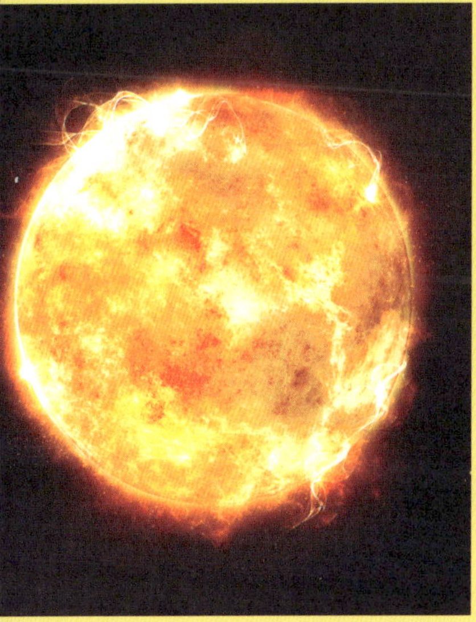

Le Soleil est une étoile de type « naine jaune », de taille moyenne, âgée d'environ 4,5 milliards d'années. Comparativement aux autres étoiles de l'Univers, c'est une étoile de dimension modeste et elle n'est pas très vieille.

À lui seul, le Soleil contient 99 % de la masse connue du système solaire. Composé de gaz (hydrogène et hélium) ainsi que de traces d'éléments plus lourds, son noyau est en fusion comme de la lave et brûle à une température atteignant 14 millions de degrés !

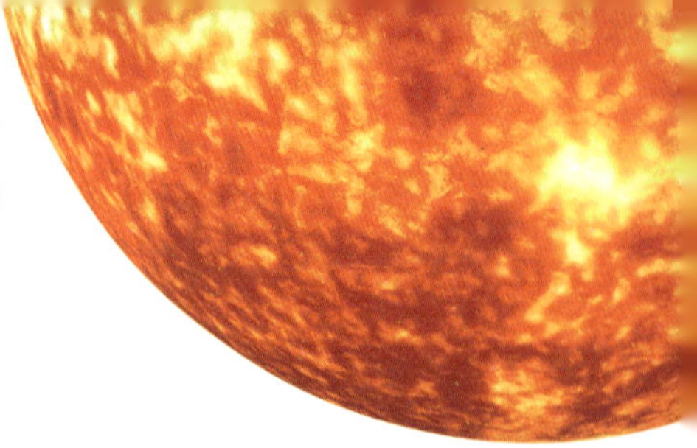

Les PLANÈTES TELLURIQUES

Les quatre planètes les plus rapprochées du Soleil sont dites « telluriques » : Mercure, Vénus, Terre et Mars. Elles sont principalement composées d'éléments lourds et ont une surface solide.

Certains satellites naturels, comme Io, autour de Jupiter, et la Lune, autour de la Terre, sont considérés comme des corps telluriques.

Les planètes telluriques possèdent trois couches superposées ayant chacune leurs caractéristiques :

- ☑ La croûte est la partie solide à la surface de la planète.
- ☑ Le manteau est une couche semi-liquide sur laquelle « flotte » ou se dépose la croûte.
- ☑ Le noyau, au centre, est métallique et contient généralement du fer.

Les PLANÈTES GÉANTES gazeuses et glacées

Les quatre planètes les plus éloignées du Soleil sont appelées « géantes gazeuses et glacées ». Jupiter est la plus grande des deux géantes gazeuses, suivie de Saturne. Elles sont principalement composées d'hydrogène et d'hélium.

Les planètes géantes gazeuses exercent une force gravitationnelle élevée, ce qui leur permet d'avoir plusieurs satellites naturels : Jupiter en compte plus d'une soixantaine, et Saturne, une cinquantaine. Elles ont aussi des anneaux formés de poussières !

Neptune et Uranus sont les deux géantes glacées. Elles sont composées de gaz, comme du méthane et de l'ammoniac, qu'on appelle des glaces, en planétologie.

La force gravitationnelle est responsable de l'attraction entre deux corps qui ont une masse.

La CEINTURE principale D'ASTÉROÏDES

L'expression « ceinture principale » désigne les centaines de milliers d'objets qui se trouvent entre l'orbite de Mars et celle de Jupiter.

Lors de la formation du système solaire, un grand nuage de poussières flottait autour du Soleil. Par la force gravitationnelle, les poussières ont formé des planètes.

Cependant, comme l'imposante taille de Jupiter lui procure une force gravitationnelle élevée, les corps célestes les plus près n'ont pu se regrouper en planète et ont formé un immense champ de débris : la ceinture principale d'astéroïdes.

On y trouve des poussières, mais aussi des astéroïdes de grosseurs diverses. Plus de 100 000 d'entre eux mesurent au moins 5 km de diamètre.

Les astéroïdes GÉOCROISEURS

Un astéroïde est un amas de roches en mouvement qui ressemble à une petite planète. Les astéroïdes géocroiseurs sont ceux dont l'orbite les amène à proximité de la Terre.

On estime à environ 1 000 le nombre d'astéroïdes géocroiseurs mesurant plus de 1 km de diamètre. S'ils frappaient la Terre, les conséquences seraient dramatiques. Heureusement, des outils technologiques nous permettent de détecter leur approche.

Il existe aussi de très nombreux géocroiseurs de plus petite taille, qui ne sont pas inquiétants pour les scientifiques.

La CEINTURE de KUIPER

La ceinture de Kuiper est un champ d'astéroïdes situé au-delà de l'orbite de Neptune. Cette zone éloignée du Soleil est peuplée de poussières, de débris, des comètes et de planètes naines, comme Pluton, Éris, Makémaké et Hauméa.

C'est en 1992 qu'on a observé un premier corps céleste de cette région. Cette découverte confirme l'intuition de Gérard Kuiper, en 1951, et de Kenneth Edgeworth, en 1949.

Ils croyaient tous deux que la formation des planètes avait laissé de la matière trop éloignée du Soleil pour que la gravité les pousse à se lier en planète.

Les IMPACTS et cratères météoritiques sur Terre

Un météoroïde est un objet qui se déplace dans l'espace. Lorsqu'un météoroïde pénètre l'atmosphère terrestre, on parle de « météore ». Si le météore atteint la surface de la Terre, on parle de « météorite ». Une météorite est donc une pierre provenant de l'espace qu'on peut retrouver au sol.

Le savais-tu ?

Les étoiles filantes sont en fait des météores, et on peut observer facilement la traînée lumineuse qu'elles laissent dans le ciel.

Lorsqu'une météorite est de taille importante, la force de l'impact avec le sol terrestre crée un cratère, et peut engendrer des tremblements de terre, des raz-de-marée et des tsunamis.

Les ÉCLIPSES

Une éclipse correspond à la disparition temporaire d'un corps, à la vue d'un observateur, lorsqu'un autre corps céleste passe devant lui. Les astres impliqués dans ce phénomène sont le Soleil, la Terre et la Lune. Selon la position des corps célestes, on distingue deux types d'éclipses: les éclipses solaires et les éclipses lunaires.

Une éclipse solaire se produit lorsque la Lune se situe entre la Terre et le Soleil. La Lune peut occulter totalement (éclipse totale) ou partiellement (éclipse partielle) le Soleil.

Une éclipse lunaire se produit lorsque la Terre se situe entre le Soleil et la Lune. Ainsi, l'ombre de la Terre est projetée sur la Lune. À ce moment, les rayons infrarouges, qui sont moins déviés par l'atmosphère terrestre, baignent la Lune d'une teinte rougeâtre.

Pour observer une éclipse solaire en toute sécurité, il est nécessaire de porter des lunettes de protection. La lumière projetée peut gravement endommager la rétine des yeux.

Les AURORES POLAIRES

Une aurore polaire est un phénomène lumineux spectaculaire. Il s'agit de rideaux de lumière qui semblent danser dans le ciel nocturne. Si une aurore polaire se produit dans l'hémisphère Nord, on parle d'« aurore boréale ». Si une aurore polaire se produit dans l'hémisphère Sud, on parle plutôt d'« aurore australe ».

La Terre est entourée de l'atmosphère, une couche gazeuse qui régule la température, brûle les météores et protège la planète des rayonnements solaires. Des particules de vent solaire, émises par le Soleil, se heurtent aussi au champ magnétique terrestre que l'on appelle « magnétosphère ». Si le Soleil connaît une plus forte activité, la magnétosphère dévie les électrons et les protons vers les pôles.

Ces particules excitées pénètrent dans l'atmosphère et en frappent les molécules d'azote et d'oxygène, ce qui crée de la lumière.

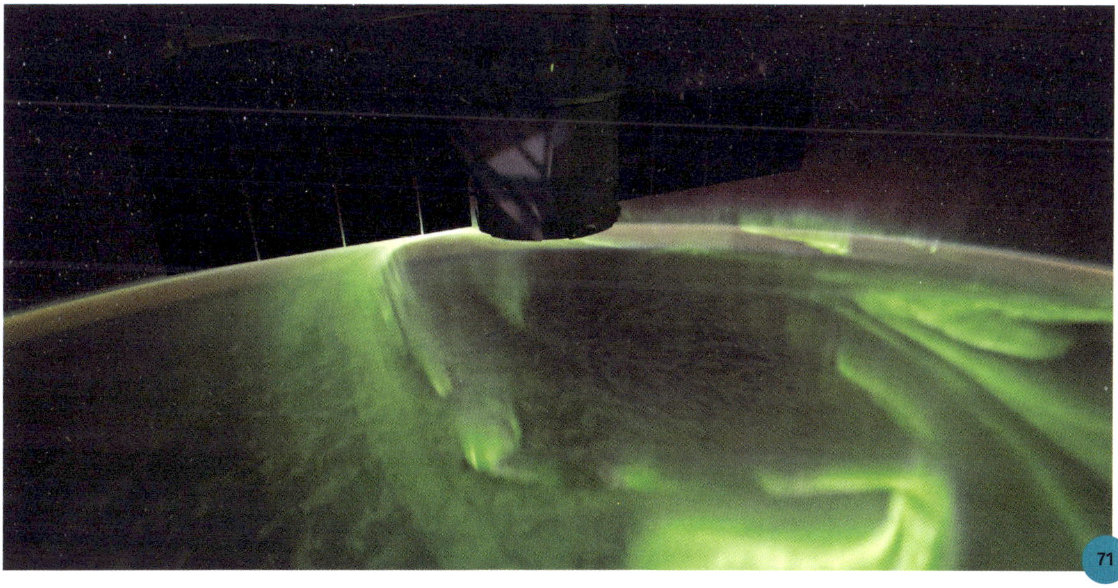

Les CRATÈRES sur Mercure

Mercure est la planète la plus près du Soleil, dont elle fait le tour sur son orbite en seulement 88 jours ! Elle possède une mince atmosphère qui la protège peu des rayons solaires et des météoroïdes. C'est ce qui explique l'étonnant écart de température entre le jour (430 °C) et la nuit (-170 °C) sur cette planète tellurique.

La surface de Mercure est constellée de plusieurs centaines de cratères résultant d'impacts de météorites. Elle possède aussi d'immenses falaises escarpées de plus de 2 000 km de dénivellation !

Les MONTAGNES et VOLCANS sur Vénus

Vénus est la deuxième planète la plus près du Soleil dans le système solaire. L'observation de sa surface est difficile, car son atmosphère, très épaisse, est couverte de nuages. Constituée principalement de dioxyde de carbone, cette atmosphère subit un fort effet de serre.

Des sondes et des images radar ont permis de découvrir que la surface de Vénus comporte quatre chaînes de montagnes, preuve de son activité géologique intense ! Elle est aussi ponctuée d'immenses volcans, qui seraient toujours actifs, ce qui est rare dans le système solaire.

Y aurait-il de la vie sur Vénus ? La présence de phosphine dans l'atmosphère de la jumelle de la Terre le laisse croire. Ce gaz ne pourrait exister dans la nature à moins d'être produit par un processus organique.

L'EAU et les MOLÉCULES ORGANIQUES sur Mars

On sait avec certitude qu'il y a déjà eu de l'eau sur Mars et même qu'il en reste encore ! L'atmosphère martienne a en fait permis la présence d'eau liquide en surface.

Plus précisément, une sonde a détecté, sous la calotte glaciaire du pôle Sud de Mars, la présence d'un lac souterrain. Il y a longtemps que les scientifiques avaient remarqué à la surface des reliefs qui pouvaient évoquer la présence de cours d'eau.

Les scientifiques croient même que de complexes molécules organiques ont été conservées sur celle que l'on nomme « la planète rouge ». Cela alimente l'hypothèse que Mars aurait pu être un milieu de vie possible pour certaines formes d'êtres vivants.

Les ANNEAUX de Saturne et d'Uranus

On connaît les anneaux de Saturne depuis 1656 grâce à Christiaan Huygens. La planète possède sept anneaux principaux, formés de millions de blocs de glace et de roches, qui s'étendent sur plus de 280 000 km.

Quand William Herschel a découvert Uranus en 1781, il a supposé qu'elle avait des anneaux, mais il n'a pas pu le prouver. En 1977, le télescope spatial *Hubble* a permis de confirmer qu'elle en comptait 13 !

La TACHE ROUGE de Jupiter

Jupiter est la plus grosse planète du système solaire. En 1665, l'astronome français Jean-Dominique Cassini a remarqué une grande tache rouge à la surface de la géante gazeuse.

En fait, la tache rouge est une tempête dont les vents, sur les rebords extérieurs du cyclone, atteignent presque 600 km/h. C'est beaucoup plus élevé que les vents les plus forts observés dans les ouragans terrestres.

Les rotations RÉTROGRADES

Le mouvement des planètes autour du Soleil s'appelle « révolution ». Les planètes suivent une trajectoire appelée « orbite » et tournent dans le même sens.

Les planètes tournent aussi sur elles-mêmes : c'est la rotation. Presque tous les corps célestes du système solaire ont une rotation dans le sens antihoraire, soit de droite à gauche. Certains ont une rotation que l'on nomme « rétrograde », c'est-à-dire dans le sens horaire, de gauche à droite.

Vénus a une rotation rétrograde, car elle tourne à l'envers des autres. C'est également le cas de Triton, une lune de Neptune.

Le savais-tu ?

Uranus aussi tourne à l'envers, mais elle est encore plus particulière, car son inclinaison est de 98°. Si les planètes semblent tourner « debout » par rapport à leur orbite, Uranus semble plutôt « couchée », comme si elle roulait sur son orbite.

La FACE CACHÉE de la LUNE

Due à différents facteurs, la Lune nous montre toujours la même face, c'est-à-dire le même côté. C'est entre autres parce que sa vitesse de rotation sur elle-même est égale à sa vitesse de révolution autour de la Terre. Ce phénomène, souvent observé dans le système solaire, s'appelle « verrouillage gravitationnel ». On estime qu'environ 41 % de la surface lunaire n'est jamais tournée vers nous.

On entend parfois l'expression « face sombre » ou « côté sombre » de la Lune pour désigner cette partie qu'on ne voit jamais.

Les TARDIGRADES sur la LUNE

Un tardigrade est un minuscule organisme parfois surnommé « ourson d'eau », d'une taille maximale de 1,2 mm. Les tardigrades impressionnent par leur capacité à survivre à des conditions de vie extrêmes. Ils peuvent tomber dans un état d'hibernation, la cryptobiose, où leurs facultés globales sont ralenties. Ils tolèrent ainsi des températures proches du zéro absolu (-273 °C), ou des pressions plus fortes que celles ressenties du fond de l'océan.

En 2019, une sonde israélienne contenant des tardigrades s'est malheureusement écrasée sur la Lune. Ils pourraient y survivre un bon moment grâce à leurs extraordinaires facultés !

La DÉCLASSIFICATION de PLUTON

Pluton a déjà été considérée comme une planète, mais depuis 2006, elle est désignée « planète naine » et n'est plus une planète proprement dite du système solaire.

Pour être classé comme une planète, un corps céleste doit répondre à trois critères :

1) tourner autour d'une étoile

2) avoir une forme sphérique

3) avoir nettoyé l'espace autour de lui.

Le savais-tu ?

Il existe 5 planètes naines : Cérès, située dans la ceinture d'astéroïdes principale, Pluton, Hauméa, Makémaké et Éris gravitant dans la ceinture de Kuiper.

Le mystère de la Planète 9 (PLANÈTE X)

À partir de la Terre, il est possible d'étudier des corps célestes lointains grâce aux télescopes et aux radiotélescopes. On peut aussi utiliser certaines vibrations émises par les radiotélescopes pour déterminer la présence de corps massifs qui influencent leur environnement.

Depuis quelques années, l'observation de plusieurs astéroïdes de la ceinture de Kuiper, dont l'orbite est perpendiculaire aux autres, sème des doutes. Il y aurait, dans l'espace lointain du système solaire, un corps céleste de grosse taille provoquant ces perturbations.

Cependant, cet astre pouvant être considéré comme la neuvième planète du système solaire, nommée pour le moment « planète X », n'a toujours pas été concrètement observée.

L'UNIVERS

L'Univers peut être considéré comme l'ensemble de tout ce qui existe dans l'espace. Il est âgé d'environ 13,7 milliards d'années et il s'agrandit depuis sa naissance à la vitesse de la lumière. Le volume de l'espace se multiplie par un phénomène qu'on appelle « l'expansion de l'espace ». Comme tous les objets célestes qui le composent s'éloignent, la taille de l'Univers observable est constamment plus grande.

La GRAVITATION UNIVERSELLE

Toutes les choses qui existent subissent la loi universelle de la gravitation : c'est Isaac Newton qui a formulé cette loi de la physique en 1687. Tous les corps s'attirent, en fonction de leur masse et de la distance qui les sépare.

Plus un corps céleste est massif, plus il attire les autres objets. Par exemple, la Terre attire les personnes et les objets vers son centre, ce qui nous permet de demeurer à sa surface. Toutefois, il faut bien comprendre que chaque personne attire aussi la Terre, mais avec une moins grande force.

Si on s'éloigne d'un corps, l'attraction gravitationnelle s'applique encore, mais elle diminue en force.

Les GALAXIES et la VOIE LACTÉE

Avant les années 1900, la seule galaxie connue des astronomes était la Voie lactée, notre galaxie.

Une galaxie est un regroupement d'étoiles, de poussières et de gaz qui sont retenus par la gravitation universelle, souvent autour d'un trou noir central.

Les galaxies adoptent différentes formes : ellipse, spirale ou spirale barrée. La Voie lactée, là où se trouve notre Terre, est une galaxie en forme de spirale : de grands bras s'étirent en forme circulaire à partir d'un centre très concentré. Il existe aussi des galaxies aux formes irrégulières.

Les SUPERAMAS et AMAS DE GALAXIES

Les galaxies ont tendance à se regrouper : c'est ce qu'on appelle un amas. La Voie lactée se situe dans l'Amas local, qui contient aussi des galaxies satellites, appelées Grand Nuage de Magellan et Petit nuage de Magellan. Ces galaxies, distantes de 150 000 et 200 000 années-lumière, gravitent autour de la Voie lactée.

Le savais-tu ?

En astronomie, l'année-lumière est une unité de longueur utilisée pour mesurer de grandes distances dans l'Univers. Elle correspond à la distance parcourue dans le vide par la lumière pendant une année, c'est-à-dire environ 10 000 milliards de km.

La galaxie voisine à la nôtre, Andromède, est située à 2,3 millions d'années-lumière. On estime que la Voie lactée et Andromède entreront en contact dans environ 4,5 milliards d'années.

Les NÉBULEUSES

Depuis longtemps, les nuages lumineux peuplant le ciel nocturne intriguent les passionnés d'astronomie. Ce sont les nébuleuses, qui apparaissent, au départ, comme des objets flous dans les télescopes.

En 1924, Edwin Hubble a construit un appareil assez puissant pour mieux les observer. Il a d'ailleurs réalisé alors que les nébuleuses qu'il apercevait sont extérieures à notre galaxie et sont, en fait, des galaxies elles-mêmes.

Aujourd'hui, le terme « nébuleuse » désigne précisément un nuage de gaz stellaires et de poussières.

Les ÉTOILES

Les étoiles ont une vie. Elles naissent toutes dans une nébuleuse, où le nuage de poussières s'effondre sur lui-même par l'effet de la gravité, un mouvement qui produit une grande quantité de chaleur. Quand cette chaleur devient suffisamment élevée, des réactions nucléaires commencent et l'étoile naît !

Selon sa masse et sa densité, l'étoile sera plus ou moins brillante et sa durée de vie sera variable.

Certaines étoiles naissent près l'une de l'autre et la gravité les attire. Elles forment des systèmes binaires ou multiples"

On peut les détecter grâce à leurs émissions électromagnétiques.

Les **CONSTELLATIONS**

Une constellation est un dessin visible dans le ciel, qui utilise les étoiles comme points de référence. Les étoiles qui les forment n'ont pas de réel lien entre elles : c'est la perspective à partir de la Terre qui donne l'illusion d'une proximité entre les corps célestes. On définit maintenant 44 constellations dans l'hémisphère Nord et le même nombre dans l'hémisphère Sud.

La Grande Ourse et la Petite Ourse sont deux constellations qui peuvent être observées dans le ciel de l'hémisphère Nord.

Les objets INTERSTELLAIRES

Un objet interstellaire est un corps céleste qui se situe dans l'espace qui n'est pas une étoile et qui n'est pas non plus attiré par une étoile. Il n'y a que très peu d'objets considérés comme « interstellaires » dans l'espace. Ce genre d'objets peut avoir été éjecté d'un système planétaire.

L'objet inconnu « OUMUAMUA »

Le premier objet interstellaire découvert par les astronomes a été nommé « Oumuamua ».

Oumuamua a été aperçu alors qu'il s'éloignait du système solaire, mais un nouvel objet interstellaire, nommé « Borisov », a été repéré depuis.

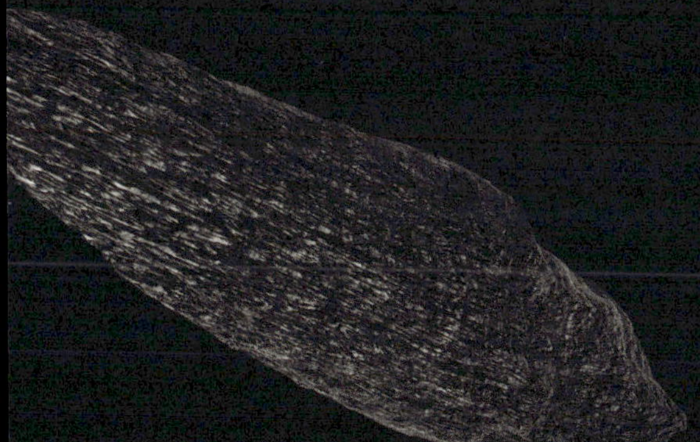

Au départ, les scientifiques ont cru qu'il s'agissait d'une comète particulièrement excentrique. Toutefois, l'objet long de 400 m a été ensuite désigné « astéroïde » avant que les experts ne s'entendent pour le classer comme « objet interstellaire ».

On croit quand même encore aujourd'hui qu'il pourrait s'agir d'une comète venant de très loin ou même un éclat de planète.

La COMÈTE de Haley

Une comète est un bloc de roc et de glace. Elle est attirée par une étoile, mais sur une longue orbite elliptique. La queue de la comète résulte de la fonte de la glace à l'approche du Soleil et s'oriente toujours vers l'extérieur de la trajectoire.

Quand l'astronome Edmond Halley a étudié les orbites de certaines comètes observées en 1531, 1607 et 1682, il a compris qu'il s'agissait d'une seule comète qui revenait, tous les 76 ans, au voisinage de la Terre.

En utilisant les théories de Newton, il a prédit qu'elle serait de retour en 1758. Il est malheureusement décédé en 1742 sans savoir qu'il avait raison.

On lui a donné son nom et la comète de Halley est maintenant la plus connue des comètes.

Le dernier passage de la comète de Halley remonte à 1986. Son prochain sera en 2061 !

Le nuage de OORT

Il existe, très loin du Soleil, une immense zone remplie de blocs de matière gelée.

Ils sont si éloignés dans le système solaire que la force gravitationnelle du Soleil réussit à les maintenir en place, mais la proximité d'autres étoiles perturbe également leur déplacement.

C'est un astronome hollandais appelé Jan Hendrik Oort qui a établi que certaines comètes semblaient provenir de cette immense zone éloignée : c'est pourquoi cette zone se nomme « le nuage de Oort ».

Les PROTOPLANÈTES et les PLANÉTOÏDES

Les planètes d'un système solaire se forment quand les poussières se collent les unes aux autres sous l'effet des forces gravitationnelles.

Une protoplanète est un objet massif de bonne taille, mais dont l'environnement immédiat n'a pas permis l'agglutination d'assez de poussières pour en faire une planète.

Avec des collisions répétées sur son orbite, une protoplanète peut acquérir des caractéristiques de planète et éventuellement en devenir une ! Le terme « planétoïde » est également utilisé pour désigner une planète en formation.

Le savais-tu ?

Un exemple de ce phénomène est « Pallas », l'un des plus gros astéroïdes de la ceinture principale. Rond et très massif, Pallas représente 7 % de la masse totale de la ceinture d'astéroïdes !

Les EXOPLANÈTES

En 1984, on a détecté un disque gazeux autour de l'étoile Beta Pictoris. On pensait qu'il pouvait s'agir des traces d'une planète !

Cinq ans plus tard, en 1989, des astronomes suisses ont repéré deux planètes orbitant autour d'un pulsar, c'est-à-dire une étoile qui émet des radiations dans l'espace.

Tout ceci a marqué le début de la recension des exoplanètes : des dizaines d'entre elles ont été découvertes depuis et la liste s'allonge d'année en année.

Certaines de ces exoplanètes tournent autour d'étoiles semblables à notre Soleil. On rencontre même des telluriques, qui, si elles sont situées à la bonne distance de leur étoile, pourraient abriter la vie !

PROXIMA-B

L'étoile la plus près du Soleil se nomme « Proxima du Centaure » et elle est souvent surnommée « Proxima-b ». Située à environ 4,22 années-lumière de la Terre, elle est dans un système planétaire triplement stellaire : trois étoiles qui sont liées par la force gravitationnelle.

En 2016, les astrophysiciens ont découvert qu'une exoplanète tournait autour de cette étoile. Mieux encore : cette planète serait tellurique et se situerait dans la zone habitable de son étoile et qu'on y trouverait même de l'eau liquide !

Cependant, si on voulait y déménager, il faudrait s'armer de patience : avec les technologies actuelles, le voyage prendrait 78 000 ans !

Le système autour de l'ÉTOILE HD 10180

Le système solaire où l'on habite comporte 8 planètes depuis le classement de Pluton comme « planète naine ». Les étoiles autour desquelles on avait trouvé des exoplanètes en possédaient un nombre moindre… jusqu'à la découverte des exoplanètes de HD 10180, une étoile située à 127 années-lumière.

En effet, cette étoile semblable au Soleil a été remarquée en 2010 par la présence de 5 planètes sous son influence. En même temps, les astrophysiciens soupçonnent l'existence de 2 autres planètes autour de HD 10180.

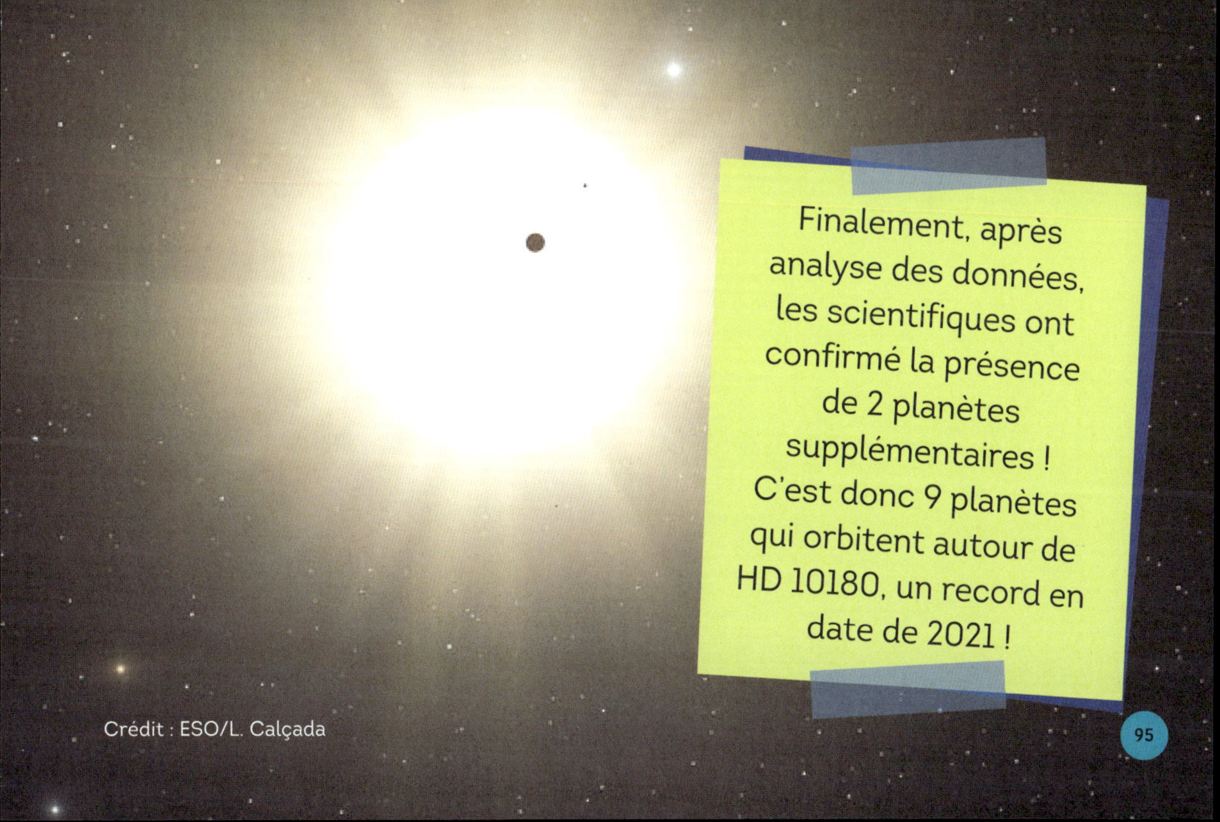

Finalement, après analyse des données, les scientifiques ont confirmé la présence de 2 planètes supplémentaires ! C'est donc 9 planètes qui orbitent autour de HD 10180, un record en date de 2021 !

Crédit : ESO/L. Calçada

La COURSE à la CONQUÊTE DE L'ESPACE

Après la Deuxième Guerre mondiale (1939-1945), deux pays ont été en compétition pour découvrir et étudier l'espace : les États-Unis et l'Union soviétique.

L'objectif de ces deux pays dans cette course à la conquête de l'espace se résumait à être les premiers à envoyer différents objets dans l'espace, et même des animaux et des humains.

D'autres pays sont par la suite entrés dans la compétition en organisant eux aussi des missions spatiales, contribuant ainsi à l'avancée des découvertes scientifiques et technologiques.

Ce sont par contre les Américains qui ont posé un premier humain sur la Lune en 1969.

La STATION SPATIALE INTERNATIONALE

Une station spatiale est un laboratoire conçu pour accueillir un équipage qui vivra en orbite pour un certain temps dans l'espace, dans le but de faire des recherches scientifiques dans l'environnement spatial.

La Station spatiale internationale est née de la collaboration entre la Russie et les États-Unis, qui ont allié leurs projets de stations pour concevoir le plus grand véhicule spatial jamais construit.

En 1998, le premier module a été lancé et les premiers astronautes s'y sont installés en 2000. Depuis, plusieurs autres pays, dont le Canada, ont contribué à ce projet pour bénéficier des recherches qui y sont effectuées.

Le savais-tu ?

La recherche qui s'y déroule a divers objectifs dans plusieurs domaines. En médecine, par exemple, on étudie les effets des séjours prolongés en apesanteur sur le corps humain.

Les AGENCES SPATIALES

Les agences spatiales sont des organismes gouvernementaux dont l'objectif est de coordonner le développement de l'exploration spatiale d'un pays. Elles visent à faire progresser les connaissances sur l'espace au moyen d'un développement scientifique.

La plus connue est la NASA, l'agence spatiale américaine créée en 1958. L'Agence spatiale européenne, créée en 1975, regroupe 22 pays, tandis que l'Agence spatiale canadienne a été créée en 1989.

Ces agences spatiales ont organisé de nombreuses missions. Certaines d'entre elles sont liées à la conquête spatiale, tandis que d'autres ont des retombées pour toute la population dans le quotidien. Prenons l'exemple des satellites qui fournissent des données sur les changements climatiques.

Les MISSIONS SPATIALES

Une mission spatiale consiste en toute expédition vers l'espace, habitée par un organisme vivant ou non. Les premières missions consistaient à franchir l'atmosphère terrestre, mais désormais, on planifie des missions spatiales qui ont pour but d'établir en permanence des êtres humains sur la Lune et même sur Mars.

Une mission spatiale plutôt commune est la mise en orbite d'un satellite. L'envoi de sondes spatiales destinées à l'exploration du système solaire est plus complexe, tout comme le transport d'astronautes vers la Lune ou la Station spatiale internationale.

Depuis quelques années, on envoie aussi des robots en exploration sur Mars. Pour la plus récente mission, le rover *Perseverance* a atterri le 18 février 2021 sur la planète rouge pour y chercher des traces de vie antérieure.

Les **VÉHICULES SPATIAUX**

Un lanceur :
fusée ayant comme objectif d'envoyer des objets terrestres dans l'espace.

Une capsule :
orbiteur transporté par une fusée (un lanceur), conçu pour supporter la vie dans l'espace et capable de retourner sur Terre.

Une navette spatiale :
lanceur-orbiteur atterrissant à la manière d'un avion.

Un rover :
véhicule autonome conçu pour l'exploration d'un corps céleste.

Une sonde spatiale :
véhicule lancé dans l'espace, sans équipage, pour étudier les objets célestes du système solaire.

Un satellite :
véhicule spatial inhabité conçu pour orbiter autour d'un corps céleste.

Un télescope :
appareil technologique pouvant être lancé en orbite pour prendre des photos et recueillir des données.

Le déroulement d'un VOYAGE SPATIAL

Un voyage spatial débute avec la planification de la mission et la construction du véhicule spatial impliqué.

Puis s'amorce le lancement. Des moteurs brûlent un carburant pour atteindre la vitesse de libération afin de lancer un orbiteur hors de l'atmosphère de la Terre. Souvent, le réservoir de carburant et les propulseurs sont largués en route. Certains lancements s'effectuent en altitude, à partir d'un avion qui transporte l'orbiteur.

Vient ensuite la phase de navigation, où le véhicule se rend à destination, suivie de la phase d'amarrage, où le véhicule rejoint le corps céleste visé. Pour les orbiteurs, s'ajoute la phase de descente dans le but de retourner sur Terre. Et pour les satellites, sondes et autres véhicules, il y a la phase d'opération où l'appareil en question effectue sa mission.

La base de CAP CANAVERAL

Depuis les années 1950, les missions spatiales américaines sont presque toutes lancées à partir du Centre spatial Kennedy, situé à Cap Canaveral, en Floride.

Cap Canaveral est une presqu'île : une île reliée au continent par une mince bande de terre. Ainsi, si un décollage est raté, l'eau tout autour de la base de lancement amène un environnement plus sécuritaire que si les lancements se produisaient ailleurs au centre du continent.

Les fusées américaines *Saturn*, qui ont transporté les astronautes des différentes missions *Apollo*, et les navettes spatiales de 1981 à 2011 ont toutes décollé de Cap Canaveral.

Le premier **VOL SPATIAL ORBITAL** habité

L'Union soviétique a lancé, en octobre 1957, un premier satellite appelé *Spoutnik 1*. Puis, à la demande du président russe qui désirait que son pays soit le premier à envoyer un être vivant en orbite, les ingénieurs ont construit, en un temps record, *Spoutnik 2*.

C'est ainsi que la chienne Laïka a été envoyée en orbite le 3 novembre 1957, devenant le premier être vivant à se rendre dans l'espace.

Elle n'a malheureusement pas survécu à ce voyage après la perte du bouclier thermique de *Spoutnik 2*.

Le premier vol habité par un HUMAIN : YOURI GAGARINE

Les Russes ont éperdument voulu être les premiers à envoyer un être humain dans l'espace. Ils ont envoyé des chiens en orbite en 1960 et les ont ramenés vivants sur Terre : à partir de cela, c'était théoriquement possible pour eux de faire voyager un être humain en sécurité.

Le cosmonaute Youri Gagarine a été l'heureux élu. Le 12 avril 1961, il a pris place dans la fusée *Vostok* au cosmodrome de Baïkonour, au Kazakhstan. Sur les essais de lancement précédents, une fusée sur deux avait connu des problèmes. Heureusement, le décollage a été réussi et Youri a passé 1 h 48 min en orbite avant de redescendre sur Terre.

Le savais-tu ?

Selon le pays d'origine, les astronautes peuvent porter différents noms. Par exemple, un astronaute russe est appelé « cosmonaute », un astronaute français est appelé « spationaute », un astronaute chinois est appelé « taïkonaute ».

La mission *APPOLLO 11*

Apollo 11 est la première mission spatiale de la NASA qui a transporté des astronautes sur la Lune.

Trois hommes ont pris place dans le module de commande de la fusée : Neil Armstrong, Buzz Aldrin et Michael Collins. Seul ce dernier ne posera pas officiellement le pied sur la surface de notre unique satellite naturel.

Le 16 juillet 1969, la fusée *Saturn V* a décollé et a propulsé le module *Apollo* et son équipage vers la Lune. Soixante-douze heures plus tard, le 20 juillet, il a atteint l'orbite de la Lune. Après 13 tours en orbite, le module lunaire s'est détaché du module de commande et est descendu.

Comme la télévision était à cette époque assez répandue dans les maisons, ils ont été des centaines de millions de personnes à assister à cet événement historique.

Le premier PAS sur la LUNE et NEIL ARMSTRONG

En 1961, le président américain, John F. Kennedy, a promis d'envoyer un astronaute sur la Lune avant 1970.

L'année 1967 a marqué le début des missions lunaires *Apollo*. En octobre 1968, *Apollo 7* a été la première mission habitée et a duré 11 jours. En décembre, des humains ont été en orbite pour la première fois autour de la Lune à bord d'*Apollo 8*. L'année suivante, *Apollo 9* a testé tout ce qui serait utilisé pour l'alunissage, tandis qu'*Apollo 10* a permis à un module lunaire de s'approcher à 15 km de la surface de la Lune.

Le 20 juillet 1969, le module lunaire d'*Apollo 11* s'est posé sur la Lune. L'astronaute américain Neil Armstrong est descendu et a été le premier être humain à y poser le pied.

« C'est un petit pas pour l'homme, un bond de géant pour l'humanité » est une phrase célèbre, prononcée par Neil Armstrong après avoir marché sur la Lune.

L'OBJET CÉLESTE le plus lointain visité à ce jour

En janvier 2006, la sonde *New Horizons* a été lancée vers Pluton, qui n'avait pas encore été visitée par une sonde terrienne. En janvier 2015, après avoir mis 8 ans pour se rendre de Jupiter à Pluton, *New Horizons* a commencé son observation de la planète naine.

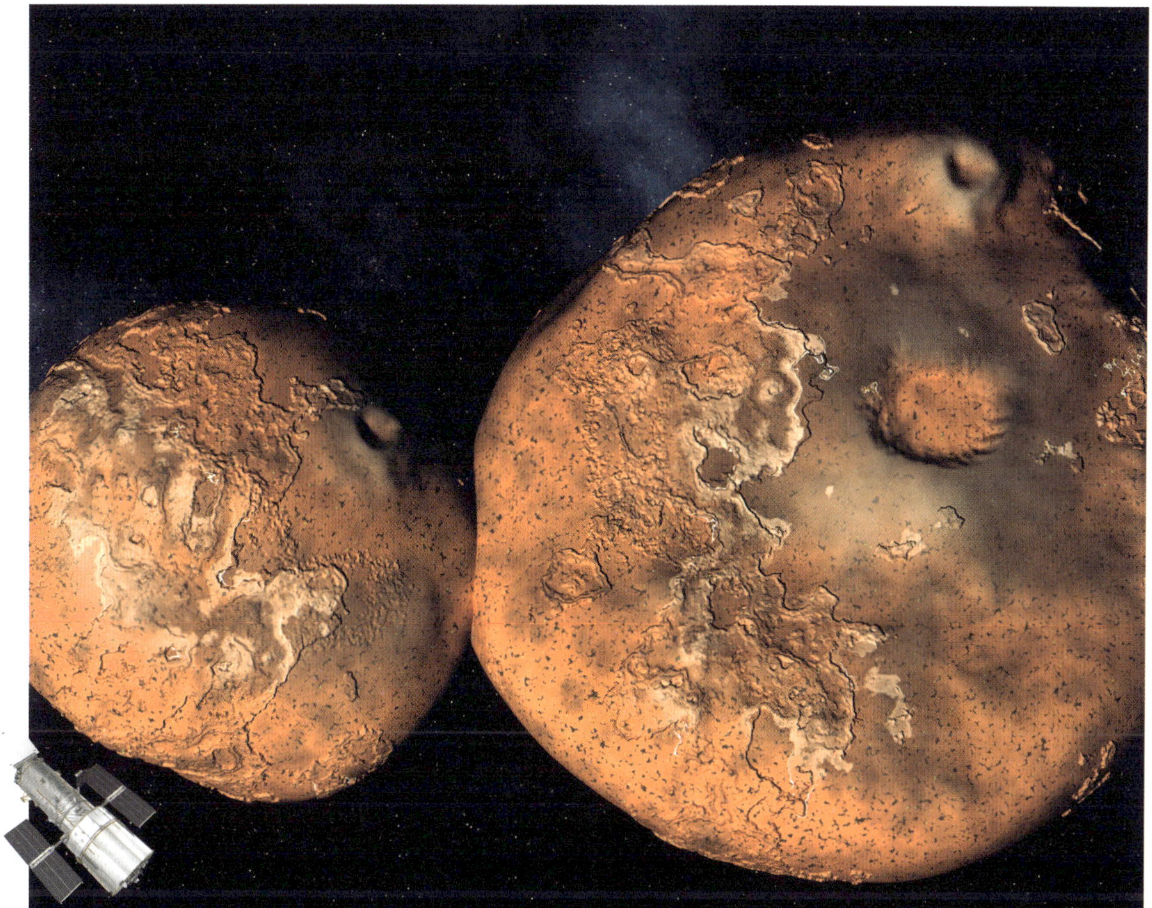

À ce moment, on a trouvé la prochaine destination de la sonde : un objet de la ceinture de Kuiper qui peut être aperçu grâce au télescope spatial *Hubble*. *New Horizons* a donc visité Arrokoth le 1er janvier 2019, ce qui fait de cet objet céleste de 33 km de long l'objet le plus lointain étudié à ce jour, en 2021.

Les NAVETTES SPATIALES

En 1972, la NASA a décidé de construire un véhicule spatial réutilisable, pouvant revenir sur Terre et y atterrir après un séjour en orbite.

Les navettes spatiales américaines décollent à la verticale, comme des fusées. Deux propulseurs récupérables sont éjectés avant de franchir l'atmosphère. Un immense réservoir alimente les moteurs en carburant et brûle après son éjection. L'orbiteur, qui ressemble à un avion, pourra redescendre en toute sécurité après sa mission.

Les navettes ne volent plus depuis 2011, après quelques accidents qui ont causé la perte de l'équipage.

Challenger a malheureusement explosé 73 secondes après son décollage en 1986.

Columbia s'est désintégrée lors de sa rentrée dans l'atmosphère en 2003.

Le PREMIER TOURISTE de l'espace

Le 30 avril 2001, un premier touriste de l'espace non-astronaute s'est envolé vers la Station spatiale internationale. Il y est resté pendant 8 jours. Pour avoir accès à la station, Dennis Tito a dû débourser environ 20 millions de dollars en plus de s'entraîner avec les cosmonautes russes pendant 900 heures. S'il n'avait pas été assez en forme, il n'aurait pas pu participer à ce séjour.

Monsieur Tito a été suivi par plusieurs autres touristes spatiaux, dont Guy Laliberté, un Québécois fondateur du Cirque du Soleil.

Qui sait, d'ici quelque temps, peut-être pourrons-nous tous aller admirer la Terre de là-haut, à prix abordable !

La fusée STARSHIP

Le véhicule *Starship* a été développé par la compagnie *SpaceX* pour le transport de marchandises et d'équipage pour un poids de 100 tonnes. L'avantage de Starship est d'être réutilisable et de pouvoir revenir sur Terre en toute sécurité pour ensuite repartir dans un délai relativement court, ce qui permet aussi une réduction des coûts pour les lancements spatiaux à venir.

Comme *Starship* peut atterrir, *SpaceX* ambitionne d'utiliser sa fusée pour amener des astronautes sur la Lune et sur Mars.

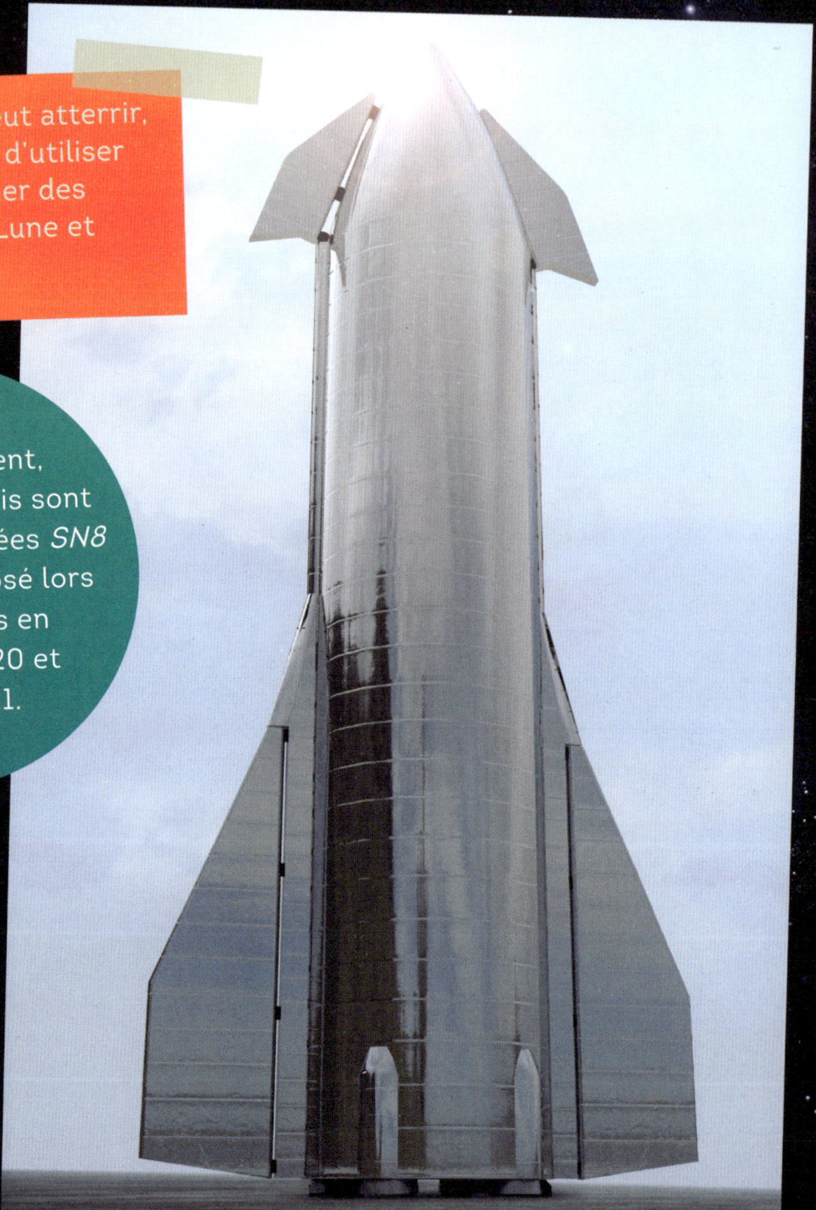

Pour le moment, en 2021, les essais sont en cours : les fusées *SN8* et *SN9* ont explosé lors de leurs tests en décembre 2020 et février 2021.

La sonde **PARKER SOLAR PROBE**

En août 2018, une sonde est décollée de Cap Canaveral à destination du Soleil. Aucune sonde ne s'est autant approchée de notre étoile, mais *Parker* y a foncé à toute allure pour nous fournir de l'information sur sa couronne extérieure.

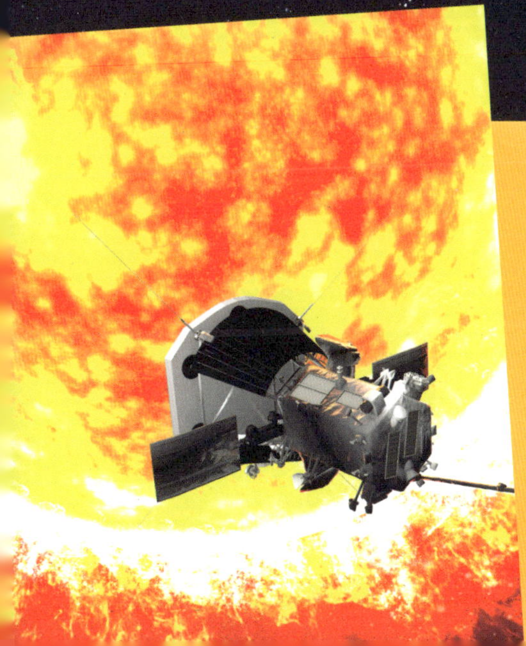

En utilisant la force gravitationnelle exercée par Vénus lors de ses diverses orbites autour du Soleil, *Parker* fera 24 rotations autour de l'astre solaire.

En janvier 2020, la sonde se trouvait à environ 18 millions de km de l'astre solaire, mais à la toute fin du périple, elle sera à 6 millions de km et terminera son voyage dans le Soleil, où elle sera consumée complètement.

Les sondes *VOYAGER 1* et *VOYAGER 2*

Les sondes *Voyager 1* et *Voyager 2* ont été lancées en 1977 avec l'objectif d'observer les géantes gazeuses et glacées du système solaire.

Les deux sondes ont d'ailleurs permis de découvrir qu'il y avait des volcans sur Io et de l'eau sur Europe – deux lunes de Jupiter –, d'apercevoir les anneaux de Neptune, et de comprendre qu'Uranus tourne dans le sens inverse des autres planètes…

Après leur exploration, les deux sondes se sont dirigées vers l'extérieur du système solaire, devenant les objets envoyés le plus loin. Elles continuent à ce jour à transmettre des informations à la Terre.

Les fusées SOYOUZ

Les fusées *Soyouz* sont les véhicules de transport spatial utilisés par les Russes depuis leurs premiers vols spatiaux. Composés de 3 parties, ils permettent aux astronautes de revenir sur Terre en toute sécurité.

Le module de commande est abandonné après le désamarrage de la station spatiale.

Le module orbital, qui contient le système de survie, se détache du module de descente avant l'entrée dans l'atmosphère. Le module de commande et le module orbital brûlent dans l'atmosphère.

Le module de descente est la seule partie du véhicule qui revient sur Terre. Il est conçu pour trois occupants qui s'y installent en position allongée sur des couchettes adaptées à leurs mensurations.

L'HÉLIOPAUSE

Ce mot désigne l'endroit de notre système solaire où le vent solaire n'existe plus. C'est la fin de notre système solaire, là où commence le milieu interstellaire.

Le vent solaire peut être considéré comme un flux de plasma : un gaz chargé de particules négatives (électrons) ou positives (protons) ainsi que d'ions (des atomes qui ont perdu des électrons). Le Soleil en expulse sans arrêt, comme toutes les autres étoiles d'ailleurs.

Le vent solaire avance vers le vide interstellaire, là où des gaz libres dans l'espace peuvent l'arrêter. Le vent solaire provenant des autres étoiles peut aussi bloquer celui du Soleil. La barrière n'est pas un cercle parfait : c'est une limite qui fluctue constamment.

Les sondes *Voyager 1* et *Voyager 2* ont permis d'étudier davantage la zone de l'héliopause.

L'atterrissage de **PHILAE**

En novembre 2014, le robot *Philae*, transporté par *Rosetta*, s'est posé sur la comète Tchourioumov-Guérassimenko. La sonde *Rosetta* a été envoyée par l'Agence spatiale européenne pour étudier la comète en 2004. C'était la première fois qu'un objet fabriqué par l'être humain touchait une comète. Celle-ci tourne autour du Soleil en 6 ans et demi.

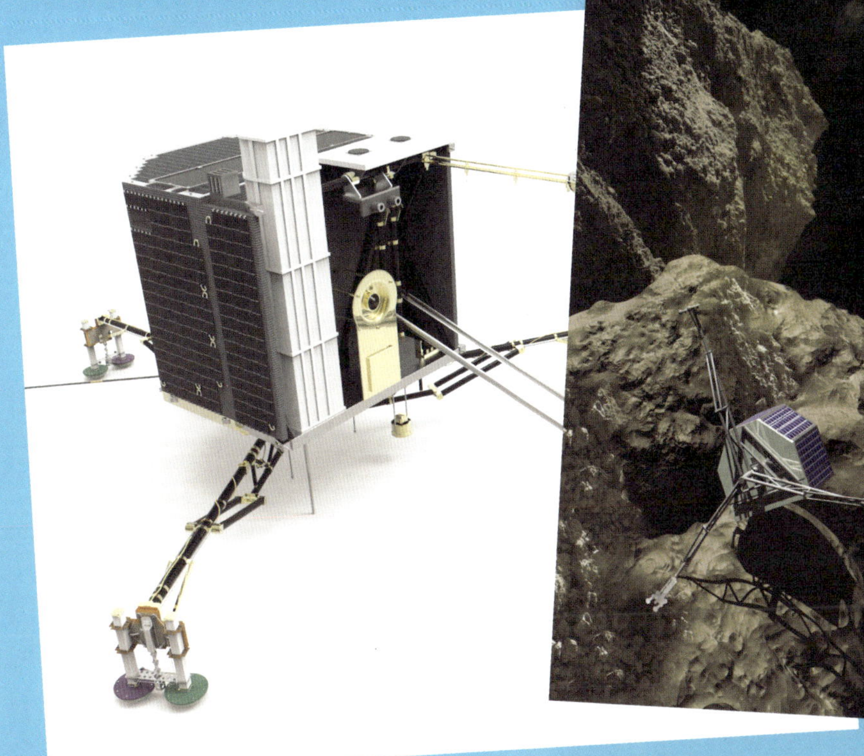

En 2016, *Rosetta* a rejoint *Philae* sur la comète alors que celle-ci s'éloignait du Soleil. Tchourioumov-Guérassimenko reviendra vers nous en 2022, ce qui pourrait permettre aux deux objets d'être réactivés par l'énergie solaire.

Les SATELLITES ARTIFICIELS

Un satellite artificiel est un objet fabriqué par l'humain, pouvant être envoyé dans l'espace à l'aide d'un lanceur ou d'une fusée. Le premier satellite artificiel a été *Spoutnik 1*, lancé par l'Union soviétique en 1957.

Les satellites sont utilisés dans divers domaines dont les sciences, les télécommunications, la navigation, et même la météorologie !

Le télescope HUBBLE

L'observation spatiale est toujours influencée et troublée par l'atmosphère terrestre. La solution est d'envoyer en orbite des télescopes superpuissants. *Hubble*, un télescope spatial sophistiqué, a été lancé en 1990 et est en orbite autour de la Terre pour prendre différentes mesures. Dans ce cas, le télescope est un satellite artificiel.

Le savais-tu ?

Il n'a réalisé aucune observation avant 1993, car un bris dans son miroir principal a dû être réparé. Cependant, dans les années suivantes, il a permis la découverte d'exoplanètes et de dizaines de galaxies lointaines. Après près de 30 ans de service, il sera rejoint en orbite autour de la Terre par le télescope spatial *James-Webb*, en 2021.

Le téléscope **KEPLER**

Le télescope *Kepler* suit l'orbite de la Terre autour du Soleil en pointant ses instruments de mesure vers les étoiles. Son objectif est de découvrir des exoplanètes, particulièrement des planètes telluriques qui pourraient se situer dans la zone habitable de leur étoile.

Lancé en 2009, il a fonctionné correctement jusqu'en 2013, permettant de découvrir près de 5 000 planètes. À la suite de problèmes dans le système de visée, sa mission en devient une d'observation de comètes et de recherche d'astéroïdes jusqu'en 2018, quand il cesse de fonctionner.

En 2019, la NASA lance *TESS*, un télescope qui continuera la mission initiale de *Kepler*, en examinant les exoplanètes les plus près de nous.

Le DÉCOLLAGE et l'ATTERRISSAGE

Le décollage d'un lanceur demande une grande puissance afin d'atteindre la vitesse de libération de l'atmosphère terrestre. Peu importe la masse et la taille de l'objet, il est nécessaire d'atteindre 11,2 km par seconde, soit environ 40 000 km/h.

Les objets qui dépassent la hauteur de 100 km, mais qui demeurent en orbite, n'ont pas besoin d'atteindre cette vitesse, car ils demeurent attirés à la Terre avec la force gravitationnelle.

En descendant vers la Terre, le véhicule rencontrera des molécules d'air, ce qui causera un frottement et un réchauffement. Si l'angle n'est pas le bon, la navette rebondira ou subira une trop forte température ou pression. C'est un calcul de tous les instants pour revenir au sol en toute sécurité.

La TÉLÉCOMMUNICATION à l'échelle internationale

Si l'on peut aisément communiquer partout à travers le monde, c'est grâce aux satellites de télécommunication.

Le principe de ces satellites est qu'un signal est émis à partir de la Terre vers le satellite, qui ensuite réfléchit le signal dans la bonne direction. Pour communiquer avec un avion ou un bateau, cette technologie est idéale.

Il existe deux types de satellites :

– Les satellites de télécommunication en orbite géostationnaire sont toujours au-dessus du même endroit, ce qui permet de pointer avec certitude les antennes terrestres dans la bonne direction.

– Les satellites en orbite basse, qui tournent rapidement autour de la Terre. Ils sont utilisés en constellation, c'est-à-dire que plusieurs satellites sont reliés ensemble, pour permettre et faciliter les télécommunications dans les zones isolées.

Les SIMULATEURS d'environnement spatial

L'espace est un milieu hostile auquel il faut faire face avec une grande préparation. C'est pourquoi on utilise des simulateurs qui permettent de tester les technologies en toute sécurité avant de s'y rendre.

L'entraînement des astronautes reproduit les conditions de vie présentes dans la station spatiale. Les astronautes s'entraînent souvent en piscine, avec leur combinaison spatiale, pour tenter de reproduire l'effet de hautes pressions.

Différentes agences spatiales ont aussi construit des « cuves » immenses qui reproduisent notamment certains phénomènes comme les vibrations, le vide, les changements thermiques, auxquels seront confrontés les vaisseaux dans l'espace.

Des modèles informatisés conçus à partir de données existantes sont de plus en plus utilisés dans le but d'optimiser les tests réalisés sur les véhicules spatiaux.

CANADARM,
le bras spatial canadien

Le bras spatial canadien connu sous l'acronyme CANADARM est aussi appelé « bras télémanipulateur ». Il s'agit d'une longue tige articulée de 15 m de long. Les trois articulations – le poignet, le coude et l'épaule – permettent des rotations plus grandes que celle des bras humains.

De 1981 à 2011, les navettes de la NASA étaient équipées d'un Canadarm qui permettait de déplacer des charges lourdes dans l'espace. Les manipulations du bras sont très précises et ses applications, diversifiées : il a servi à envoyer le télescope *Hubble* en orbite et à dégager de la glace qui nuisait à la station d'observation.

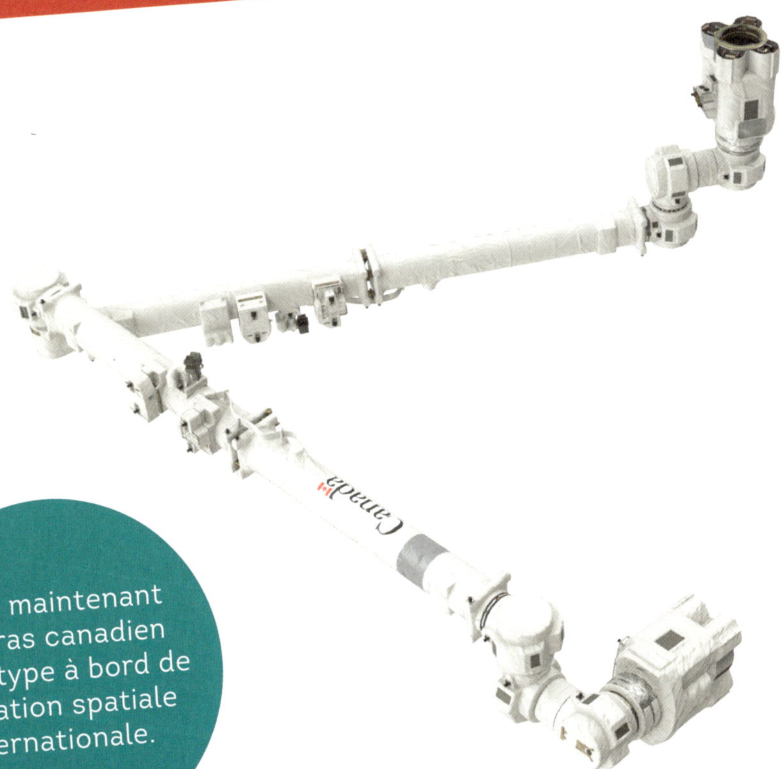

Il y a maintenant un bras canadien de ce type à bord de la Station spatiale internationale.

L'APESANTEUR

Le phénomène d'apesanteur correspond à un moment où l'on ne sent plus son poids. Les astronautes en apesanteur sont tout de même soumis à la gravité terrestre, mais ils ont l'impression qu'ils peuvent flotter dans leur navette.

Le savais-tu ?

En apesanteur, les muscles forcent différemment; les os deviennent plus fragiles, car ils ne supportent pas le poids du corps. C'est pourquoi les astronautes doivent garder la forme physique en faisant des exercices lors de leur séjour dans l'espace.

L'ENTRAÎNEMENT intensif des astronautes

Lors d'une mission spatiale, les astronautes sont privés pendant de longues semaines de plusieurs ressources dans leur véhicule spatial. Ils doivent donc s'entraîner, physiquement et mentalement, pour faire face à différentes situations.

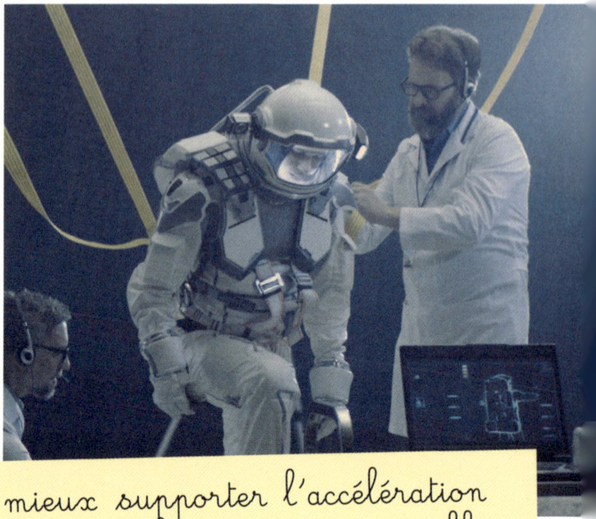

L'entraînement physique vise à mieux supporter l'accélération vers l'espace et à être au maximum de sa forme pour travailler en apesanteur. Sur Terre, les astronautes procèdent avec les mêmes appareils que dans la station spatiale, pour s'habituer à travailler avec ces contraintes.

Ils doivent connaître les meilleures stratégies pour affronter toutes les situations imaginables. L'entraînement place régulièrement l'astronaute face à des situations stressantes pour qu'il soit en mesure de garder sa concentration en tout temps.

L'ÉQUIPEMENT pour les sorties extérieures dans l'ESPACE

Lors d'une sortie extravéhiculaire, il n'y a que la combinaison spatiale qui protège l'astronaute des rayonnements solaires et cosmiques, des températures extrêmes, de l'absence d'oxygène, des risques de collision à grande vitesse, etc.

Alexeï Leonov est le premier être humain à avoir « flotté » dans l'espace en 1965. Déjà, on privilégiait la combinaison blanche, car elle réfléchit les rayons solaires, la visière dorée qui filtre la lumière, ainsi qu'un sac dorsal contenant l'oxygène.

Le SAFER est un fauteuil flottant équipé de propulseurs qui permet de sauver un astronaute qui dériverait dans l'espace après un accident.

LES INVENTIONS qui ont changé notre QUOTIDIEN

Les LUNETTES

On ne sait pas qui a inventé les lunettes. Elles sont apparues au départ en Italie, vers la fin des années 1200. Avant cela, on regardait à travers des boules de verre remplies d'eau. Parfois, on déposait des cristaux sur ce qu'on voulait mieux voir.

La pâte de verre transparent a été inventée au 14e siècle. C'est à cette époque que les lunettes sont devenues plus courantes.

Au début, elles tenaient grâce à un pince-nez !

Comme c'était inconfortable, on leur a ajouté une tige qui permettait de les tenir devant les yeux. Les branches de lunettes qu'on place derrière les oreilles ont été inventées dans les années 1800 !

Et toi ? As-tu besoin de lunettes ?

La MACHINE à LAVER

C'est grâce à Jacob Christian Schäffer que tu ne laves pas tes vêtements à la main ! Il a inventé la première machine à laver.

Avant, on frottait à la main les vêtements pour en enlever toutes les taches. Ensuite, on devait les tordre pour en retirer l'eau.

Les machines à laver reproduisent ces mouvements. Un mélange d'eau et de savon est agité dans une grande cuve. Ensuite, la rotation de la cuve essore l'eau contenue dans les tissus.

Les premières machines à laver fonctionnaient grâce à des manivelles.

Depuis 1901, les machines à laver fonctionnent à l'électricité !

Le RÉFRIGÉRATEUR

Ton réfrigérateur repose sur 2 principes.
1– Il faut créer de la fraîcheur.
2– Il faut conserver ce froid.

On peut utiliser un élément froid, comme la glace, pour refroidir les aliments. On peut aussi comprimer un gaz. L'air autour va alors refroidir.

Thomas Moore a inventé un réfrigérateur-glacière. Dans une cuve de cèdre recouverte de fourrure, il déposait un bol métallique sur de la glace.

Charles Tellier a inventé une machine qui compresse l'ammoniac pour refroidir l'air. En plaçant cette machine dans une cuve qui conserve le froid grâce à un isolant, on obtient la première version d'un réfrigérateur comme celui de ta cuisine!

L'HORLOGE

Dans une horloge, un engrenage actionne des aiguilles qui représentent les heures, les minutes et les secondes.

Une horloge permet de mesurer le temps avec précision. Avant son invention, on mesurait le temps avec les phénomènes périodiques.

Un phénomène périodique se répète régulièrement.
C'est ainsi que le mouvement de la Terre autour du Soleil sert aux cadrans solaires. L'écoulement de l'eau dans les horloges hydrauliques et du sable dans un sablier sont d'autres exemples de phénomènes périodiques utilisés pour mesurer le temps.

La TÉLÉCOMMANDE

Contrôler à distance un autre objet, c'est merveilleux ! Les télécommandes modernes ont des centaines d'applications, mais au départ, elles étaient bien différentes.

Les premières télécommandes étaient reliées aux téléviseurs par un fil !

Maintenant, pour diriger ta voiture téléguidée ou pour ouvrir ta porte de garage, la télécommande émet une onde qui est captée par un récepteur.

Avant, les télécommandes utilisaient les rayons infrarouges, mais leur portée était limitée. Pour augmenter la distance entre la télécommande et le récepteur, on utilise les ondes radio. C'est comme ça que fonctionne la technologie Bluetooth®.

L'ampoule INCANDESCENTE

Avant l'éclairage produit par de l'électricité, on s'éclairait en utilisant différentes méthodes, comme des bougies ou des lampes à l'huile. Ce n'était pas très sécuritaire, en raison des risques élevés d'incendie.

Vers la fin des années 1800, l'ampoule incandescente a rendu l'éclairage nocturne sécuritaire. Le principe est simple : certains métaux empêchent l'électricité de circuler. Ils résistent et chauffent jusqu'à devenir incandescents.

On utilise souvent le tungstène, un élément chimique que l'on retrouve dans des minerais, pour les ampoules incandescentes. Pour éviter qu'il ne s'enflamme ou que tu te brûles, on le place dans une ampoule en verre.

Le verre transparent nous permet de voir la lumière émise.

Et on enlève l'air, car l'absence d'oxygène empêche la combustion du filament.

L'ampoule **FLUOCOMPACTE**

Le tube fluorescent est né par hasard.

Nous sommes dans les années 1800. Un souffleur de verre et un physicien font des expérimentations avec un tube en verre. Ils enlèvent l'air et font passer un courant électrique dans le vide. Une lumière apparaît alors dans le tube !

D'autres chercheurs tentent la même expérience, mais en utilisant des gaz. Chaque gaz produit une lumière de sa propre couleur. Le tube fluorescent était né ! Au bout de plusieurs années, le tube a pris la forme de l'ampoule fluocompacte. Les ampoules fluocompactes sont devenues populaires dans les années 1990.

Elles coûtent moins cher à produire que les ampoules incandescentes et elles demandent moins d'énergie pour fonctionner.

L'ALLUMETTE

L'allumette te permet d'allumer ton feu de camp facilement. Tes ancêtres préhistoriques devaient frapper des pierres pour y arriver !

Le bout de l'allumette est enrobé d'une substance qui s'enflamme facilement. Quand on frotte ce bout sur un grattoir fait de phosphore, on produit du feu.

Le savais-tu ?

Même si ça semble simple, il s'écoule 140 ans entre l'idée et les premières allumettes !

À cette époque, c'était dangereux ! Parfois, les allumettes explosaient lorsqu'on les allumait. D'autres fois, ceux qui fabriquaient les allumettes étaient intoxiqués par le phosphore.

Heureusement, aujourd'hui, les allumettes sont plus sécuritaires et tu peux donc profiter de ton foyer sans t'inquiéter !

Le CODE-BARRES

L

Un code à barres est une séquence de 95 lignes noires et d'espaces blanches qui représentent une information. Tu en retrouves sur les produits emballés que tu achètes. Il y en a même un sur ce livre !

On lit un code-barres avec un faisceau lumineux, qui transmet l'information à un logiciel qui la décode.

Les premiers codes-barres étaient parfois constitués de cercles imbriqués les uns dans les autres, mais c'est la version lignée que nous avons gardée !

L'OUVRE-BOÎTE

Un ouvre-boîte est un outil qui découpe le métal d'une boîte de conserve.

Étrangement, cet instrument a été inventé plus de 40 ans après les boîtes de conserve ! Avant son invention, on perçait le métal de différentes manières, mais c'était difficile. Quand les boîtes de conserve ont été fabriquées en métal plus mince, un simple couteau à levier était suffisant pour les ouvrir.

On a ensuite inventé la lame circulaire, qui perce tout le tour du couvercle. En tournant la poignée, la boîte tourne au fur et à mesure que la lame coupe le couvercle. On peut maintenant ouvrir des boîtes de conserve sans effort.

LE SAVAIS-TU ?

C'est en 1931 qu'a été créé l'ouvre-boîte électrique. Celui-ci fait tout le travail pour toi ! Tu n'as qu'à placer la boîte de conserve et attendre qu'il s'arrête.

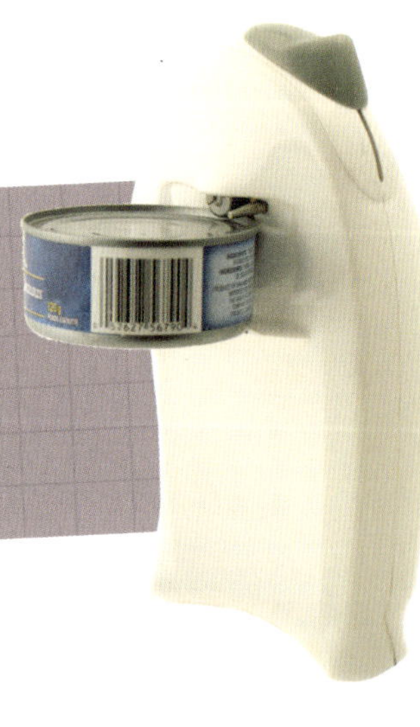

Le MICRO-ONDES

Comme plusieurs inventions, celle du four à micro-ondes est une histoire de hasard. En 1945, un ingénieur qui travaillait sur de nouveaux radars aurait vu fondre sa barre chocolatée. Il en a déduit que les ondes émises par le radar en sont la cause.

La propriété chauffante des micro-ondes était connue avant cette histoire, mais personne n'avait pensé à s'en servir pour chauffer la nourriture !

Le savais-tu ?

Le four à micro-ondes utilise des ondes électromagnétiques qui excitent les molécules d'eau contenues dans la nourriture.
L'eau bouge, se réchauffe et s'évapore, ce qui cuit la nourriture, car la température de l'eau est élevée.

La BROSSE À DENTS

Nos ancêtres ont utilisé divers moyens pour se laver les dents au fil du temps. Au départ, on utilisait le cure-dent pour nettoyer entre les dents. Les fouilles archéologiques ont permis de retrouver des cure-dents en bois, en poil et en plume.

Dans l'Antiquité, on se frottait les dents avec une tige en bois sans poils. Au début des années 1500, on utilisait des bâtonnets surmontés de poils de sanglier. Ensuite, les brosses à manche d'os avec des poils en crin de cheval ont été inventées. La première brosse à dents en nylon apparaît en 1938, mais ce n'est qu'après la Seconde Guerre mondiale, en 1945, qu'elle est commercialisée. Maintenant, des fibres synthétiques qui résistent aux bactéries et différentes technologies, comme dans les brosses à dents électriques, permettent d'avoir les dents propres.

Le SAVON

La fabrication du savon a beaucoup évolué au cours de l'Histoire. Il y a 4 000 ans, les Sumériens se lavaient avec un mélange d'huile végétale, d'argile et de cendre.

Le savais-tu ?

Le savon de Marseille n'est pas une marque de commerce. Il s'agit plutôt d'un procédé de fabrication. On l'appelle ainsi puisque son origine vient de la ville de Marseille, en France.

À partir du Moyen Âge, et pendant les trois siècles suivants, le savon fut remplacé par le parfum. Les gens ne prenaient qu'un ou deux bains par année !
Au 18e siècle, les gens reprennent l'habitude de se laver et intègrent le parfum au savon.
Ce n'est qu'au 20e siècle que le savon, tel que nous le connaissons, apparaît dans notre quotidien.

La **FERMETURE** à glissière

Avant l'invention de la fermeture à glissière, qu'on appelle aussi *zipper* ou fermeture éclair, on devait boutonner les vêtements. La fermeture à glissière est plus rapide.

Dès 1851, il existait des fermetures à glissière qui attachaient des crochets et des œillets, mais le résultat n'était pas solide. Le *zipper* moderne a été inventé en 1913. Il fonctionne grâce à un curseur que l'on tire entre deux bandes parallèles où se trouvent des dents qui s'emboîtent parfaitement. Dans un sens, le curseur rapproche les bandes en joignant les dents. En sens inverse, il sépare les dents.

La MACHINE À COUDRE

Plusieurs coutures et beaucoup de fils sont nécessaires pour que ton pantalon et ton chandail tiennent en un seul morceau. Avant l'invention de la machine à coudre, toutes ces coutures devaient être réalisées à la main !

Un tailleur français, Barthélemy Thimonnier, voulait accélérer la conception des vêtements. Il a imaginé une machine qui permettrait à une aiguille de pénétrer facilement le tissu. Cette idée révolutionnaire a été reprise par plusieurs inventeurs qui l'ont améliorée, avec deux fils, des pédales, des aiguilles à mouvements variables, etc. Depuis, les vêtements sont beaucoup moins onéreux à produire et coûtent moins cher ! C'est pour ça que tu as plusieurs chandails !

La CALCULATRICE

Depuis toujours, nous cherchons à calculer plus rapidement. Au départ, on déplace des billes ou des pierres. C'est le principe du boulier ou de l'abaque. Pour les calculs complexes, on utilise un tableau de référence.

La première calculatrice apparaît en 1639 !

Ce n'était pas informatisé : elle fonctionne avec des engrenages, comme une horloge. Elle permettait de faire des additions et des soustractions. En 1694 apparaît la calculatrice mécanique qui permet d'effectuer les multiplications et divisions.

La calculatrice électronique arrive dans les années 1970. Les modèles les plus récents, comme les calculatrices à affichage graphique, permettent de traiter des opérations mathématiques très complexes.

Les JEUX VIDÉOS

Il existe plusieurs inventeurs des jeux vidéos. Un jeu de tennis a été réalisé en 1958 et un jeu de guerre spatiale en 1961, mais ces deux inventions n'avaient pas d'application commerciale.

La première console, l'Odyssey, par Magnavox, est mise en vente en 1972, rapidement suivie du premier jeu d'arcade par Atari. Cette compagnie lance sa première console en 1977. En 1985, Nintendo écrase toute la concurrence avec sa NES, puis son premier Game Boy, en 1989.

En 1994, Sony lance sa PlayStation, puis en 2001, Microsoft lance la Xbox, deux consoles qui fracassent des records de vente. Aujourd'hui, si les consoles sont encore populaires, les jeux sur ordinateur et téléphone, qui se développent à une vitesse folle, sont encore plus répandus.

Le savais-tu ?

Les jeux Pac Man et Super Mario Bros. ont été intronisés au Panthéon mondial des jeux vidéos en 2015 pour leur popularité et pour avoir marqué la culture et la société en général.

Le *RUBIK'S CUBE*

Qui n'a jamais essayé de résoudre un *Rubik's Cube* ? Ce petit jouet peut nous garder occupés pendant des heures ! Il s'agit d'un casse-tête géométrique composé de 26 éléments, que l'on doit replacer par couleur.

On doit cette invention à Erno Rubik, un professeur d'architecture hongrois. Ce dernier souhaitait apprendre à ses étudiants à réfléchir en trois dimensions. En 1974, il est arrivé avec son premier prototype. Depuis, des millions d'exemplaires ont été vendus dans le monde.

Le savais-tu ?

Le speedcubing est une activité qui consiste à résoudre un Rubik's Cube le plus rapidement possible. Il existe des compétitions aux quatre coins du monde !

La BICYCLETTE

Les premiers vélos ne ressemblaient pas du tout au modèle que tu conduis !

La première édition du Tour de France a lieu en 1903 et est remportée par Maurice Garin !

Les premières bicyclettes sont simplement des cadres équipés de roues et d'une selle. On se propulse en poussant au sol avec ses pieds.

Le vélocipède, lui, bénéficie de pédales sur la roue avant. Plus la roue est grande, plus le coup de pédale est efficace.

Quelques années plus tard, on équipe les bicyclettes d'une chaîne qui relie les pédales, au centre du cadre, à la roue arrière, et on remplace les roues par des pneus, ce qui améliore le confort et facilite l'effort.

L'AUTOMOBILE

Il est difficile de savoir avec précision qui a inventé l'automobile. Léonard de Vinci lui-même avait imaginé une automobile propulsée par un ressort !

Des modèles à vapeur existent depuis la fin des années 1700.

Une première voiture électrique est même inventée vers 1830.

Par contre, ces véhicules sont peu efficaces et il en existe quelques exemplaires seulement.

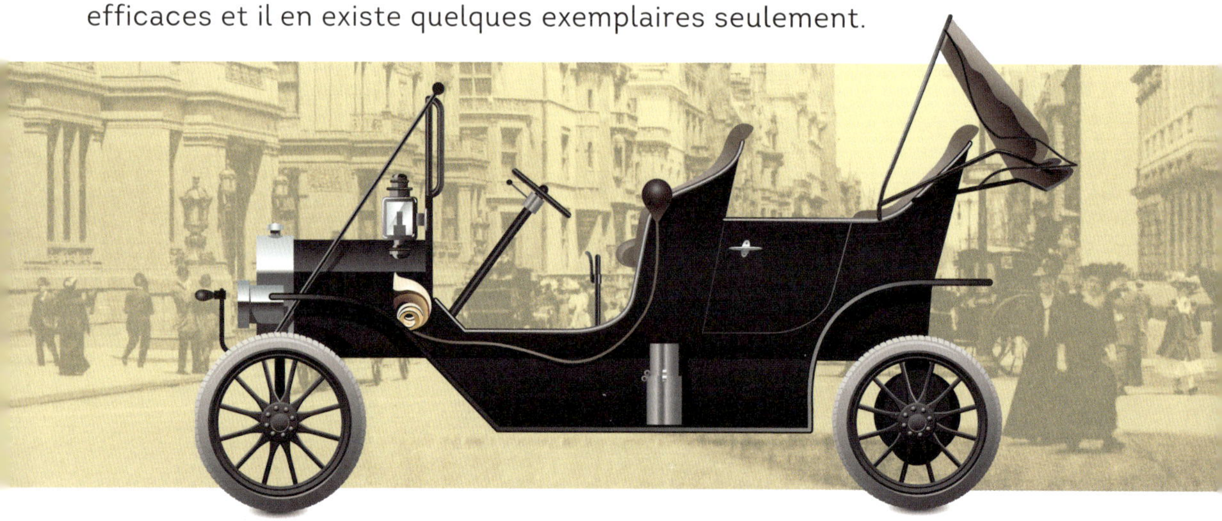

Même si c'est en Europe que des ingénieurs développent l'automobile, c'est aux États-Unis que l'industrie de l'automobile prend son essor. La première automobile produite à grande échelle est le modèle T de Ford, dès 1908.

La CHAÎNE DE MONTAGE

Un ouvrier qui répète la même opération est plus efficace qu'un ouvrier qui effectue plusieurs opérations consécutives. C'est le principe de la chaîne de montage.

Plusieurs ouvriers qui travaillent les uns à la suite des autres seront donc plus efficaces que si chaque ouvrier agit aux différentes étapes. Si l'objet se déplace d'un ouvrier à l'autre, c'est encore mieux, car le travailleur ne perd pas de temps à se déplacer.

Chaque travailleur doit suivre le rythme des autres, sinon il retarde toute la production.

C'est grâce à cette méthode que Henry Ford révolutionne la construction de sa voiture. Le temps d'assemblage d'une voiture passe de 12 heures et demie à 93 minutes grâce à la chaîne de montage !

La MOTONEIGE

Se déplacer sur la neige en plein hiver, voilà une idée intéressante ! Les voyages seraient plus faciles dans les régions arctiques si on cessait de se battre contre la neige.

Joseph-Armand Bombardier n'est pas le premier à avoir cette idée, mais on dit quand même que c'est lui le père de la motoneige.
Il équipe certaines voiturettes de skis, ce qui lui permet de glisser sur la neige.

Il innove en installant à l'arrière de sa voiturette un système de double chenille, ce qui permet de propulser le véhicule. C'est ainsi que Bombardier a commercialisé, en 1959, ses premiers « ski-doos », des motoneiges récréatives grand public !

L'ASCENSEUR

Pour soulever des charges lourdes, la force humaine n'est pas suffisante.

On sait qu'Archimède, il y a plus de 2 200 ans, réussissait grâce à un système de cordes et de poulies. Cependant, les systèmes ont longtemps reposé sur la force humaine ou animale.

Avec la machine à vapeur, le déplacement est devenu plus facile. Par contre, les gens ne voulaient pas utiliser les ascenseurs, car ils craignaient de tomber si la corde venait à céder. C'est Elisha Graves Otis qui a inventé les systèmes de sécurité qui permettent de retenir la cabine si le câble se rompt. C'est pour cette raison qu'on dit qu'il est le père de l'ascenseur !

Le TRAIN

Les trains existaient à l'Antiquité, mais ils étaient bien différents. À cette époque, on creusait des rails dans le sol et les animaux avançaient en suivant les rails.

Grâce aux locomotives, on a augmenté le poids des charges qu'on peut déplacer. On a aussi augmenté la vitesse des déplacements.
Les premières locomotives sont des machines à vapeur. Elles contiennent une immense bouilloire. On chauffe l'eau en brûlant du charbon. La vapeur qui se dégage active des pistons, ce qui fait tourner les roues.

Dans les années 1800, on installe des rails au sol et les trains commencent leur véritable expansion.

Le BATEAU

L'invention du bateau remonte à plusieurs milliers d'années. Nos ancêtres de la Préhistoire ont construit le premier bateau à l'aide d'un tronc d'arbre évidé.

Les premiers navires égyptiens étaient fabriqués en roseaux. Ils pouvaient transporter jusqu'à 20 rameurs ! Au fil du temps, des roues, des mâts et des voiles se sont ajoutés à la barque de base.

En 1783, le marquis Claude François Dorothée de Jouffroy d'Abbans invente le premier bateau à vapeur.

Le savais-tu ?

Il existerait plus de trois millions d'épaves dans les fonds marins ! Parmi celles-ci se trouve le célèbre Titanic, dont les restes sont toujours au fond de l'océan Atlantique, au large de la province de Terre-Neuve, au Canada.

Le SOUS-MARIN

Un sous-marin est un véhicule qui se déplace sous la surface de l'eau. Il fonctionne grâce à des espaces vides qu'on appelle « ballasts ».

- Remplis d'air, ils font flotter le sous-marin.
- Remplis d'eau, ils l'amènent vers le fond.

En 1624, un premier sous-marin est testé en Angleterre. Le premier sous-marin militaire, qui contient seulement 1 passager, est testé en 1776 aux États-Unis. À cette époque, on ne se doutait pas qu'un sous-marin plongerait un jour jusqu'au fond de l'océan à près de 11 000 mètres de profondeur !

Le savais-tu ?

Les premiers sous-marins étaient ronds comme des tonneaux. Aujourd'hui, ils sont plutôt effilés comme des poissons!

Le PARACHUTE

Un parachute est une toile tendue ralentissant la chute.

Les premiers parachutes étaient rigides. Il s'agissait de cadres en bois en forme de pyramide recouverts d'une toile. En 1783, Louis-Sébastien Lenormand fait le premier saut public. Quelques années plus tard, André-Jacques Garnerin saute avec un parachute mou en forme de parapluie. Peu de temps après, il ajoute un trou au centre de la toile pour la stabilité.

Près de 100 ans plus tard, les premiers parachutes pliables sont inventés, ce qui est plus pratique ! Tous ces inventeurs kamikazes seraient surpris d'apprendre que maintenant, des parachutes géants déposent des véhicules sur le sol de la planète Mars !

La MONTGOLFIÈRE

Quand les frères de Montgolfier comprennent que l'air chaud s'élève, ils imaginent qu'on pourrait s'en servir pour soulever des charges. Ils inventent donc le ballon à air chaud, en 1783. Le ballon est gonflé au-dessus d'un feu situé au sol. Il ne peut pas se rendre bien loin !

Les premiers passagers des ballons sont des animaux.

On invente bientôt le brûleur, qui permet de contrôler les montées et descentes du ballon en variant la quantité d'air chaud.
D'autres chercheurs remplacent l'air chaud par l'hydrogène, un gaz plus léger que l'air.
Par contre, l'hydrogène est inflammable, donc dangereux. Aujourd'hui, on retrouve des montgolfières de différentes formes s'élevant grâce à une couche d'hélium au-dessus d'une couche d'air chauffé.

Le savais-tu ?

Une montgolfière peut monter jusqu'à 10 km d'altitude, mais on manque déjà d'oxygène à 3 000 mètres. C'est pourquoi les pilotes préfèrent voler à une altitude de 1 000 mètres.

L'AVION

Est-il possible de faire s'élever dans le ciel un objet plus lourd que l'air ? En cherchant la réponse à cette question, on découvre un phénomène qui permet à une aile qui avance de flotter sur l'air.
C'est la portance.

Le savais-tu ?

Le 29 juin 2018, plus de 202 157 avions ont sillonné les routes du ciel ! Jamais autant d'avions n'avaient volé dans le ciel le même jour !

Au départ, on s'en sert pour inventer des planeurs. Ces avions n'ont pas de moteur, donc ils ne font que flotter quelques instants.

Le Français Clément Ader fait décoller, en 1890, un véhicule à moteur muni d'ailes. Il ne peut pas le contrôler, mais il invente le mot « avion » pour en parler.

Ce sont les frères Wright, des Américains, les véritables inventeurs de l'avion. En 1903, ils réalisent le premier vol contrôlé d'un engin à moteur.

L'HÉLICOPTÈRE

Léonard de Vinci, vers 1490, avait dessiné un croquis d'une vis aérienne. C'était une hélice qui devait avoir la force d'élever verticalement un homme. Cependant, les technologies de son époque ne permettent pas de développer son invention.

Dans les années 1860, on invente le mot « hélicoptère », mais on n'invente pas encore l'appareil. En 1907, après l'invention de l'avion, on développe l'hélicoptère. Au début, des hommes doivent tenir le véhicule pour l'aider à se diriger. Le premier vol sans aide extérieure n'est pas bien haut : seulement 1,5 m d'altitude. Il possédait deux hélices à ses extrémités.

Aujourd'hui, l'hélicoptère possède l'avantage de décoller à la verticale, sans avoir besoin d'un grand espace. On développe les mêmes technologies pour les avions depuis plusieurs années.

Le REMONTE-PENTE

Le remonte-pente permet aux skieurs de gravir une montagne sans le moindre effort physique.

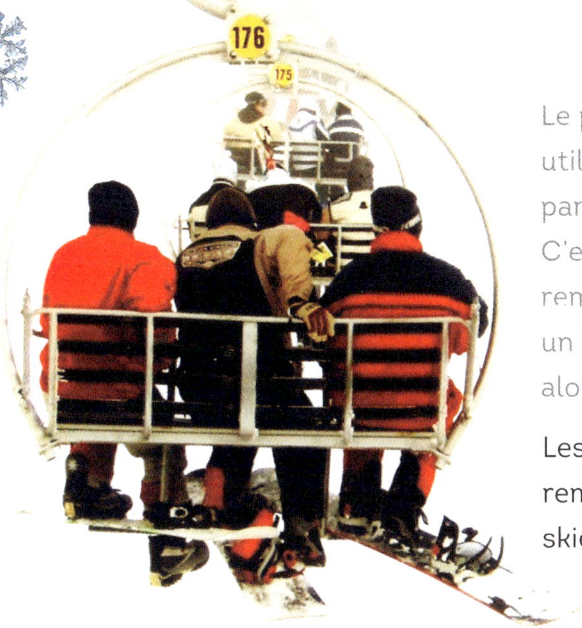

Le principe du remonte-pente était déjà utilisé par les Chinois, qui suspendaient des paniers en osier pour franchir des falaises. C'est en 1644 qu'est inventé le premier remonte-pente moderne, par Adam Wybe, un ingénieur néerlandais. On s'en servait alors pour transporter de lourdes charges.

Les Américains ont inventé le remonte-pente destiné aux skieurs dans les années 1930.

Le savais-tu ?

La plus longue remontée mécanique au monde s'est longtemps trouvée au mont Chacaltaya, en Bolivie. Mais la station de ski a été victime du réchauffement climatique et le glacier a complètement disparu en 2009.

L'ALPHABET

La majorité des systèmes alphabétiques du monde sont dérivés de l'alphabet phénicien. L'alphabet est une forme d'écriture révolutionnaire, car il repose sur peu de symboles. Avec moins de 30 symboles, on peut exprimer des idées complexes.

L'alphabet que nous utilisons en français est l'alphabet latin, qui a été inventé par les Romains. Certaines langues possèdent des sons différents représentés par des lettres nouvelles. Par exemple, l'alphabet espagnol comprend 28 lettres. 25 d'entre elles sont les mêmes que celles du français, mais il faut ajouter les lettres ch, ll et ñ.

Le savais-tu ?

Le terme « alphabet » vient des deux premières lettres de l'alphabet grec : alpha et bêta.

L'ÉCRITURE

L'écriture est la transmission écrite d'un message. L'écriture a été inventée il y a plus de 5 300 ans ! Parmi les formes anciennes d'écriture, on retrouve les pictogrammes, où chaque dessin représente un objet ou un animal. Il y a aussi les idéogrammes où chaque symbole représente une idée.

Il y a finalement l'écriture phonétique, où chaque symbole représente un son ou une syllabe. Ces formes d'écriture possèdent un nombre très élevé de symboles. L'écriture vise à exprimer des messages complexes de manière simple. C'est ainsi que naît l'alphabet, où chaque symbole représente une lettre et l'assemblage des lettres permet la composition des mots.

Le POST-IT®

Tu as déjà utilisé un Post-it® ? Cette invention est le fruit du hasard. Le chimiste américain Spencer Silver cherchait une nouvelle colle !

Un jour, son expérience donne une colle qui ne colle pas bien, mais qui ne laisse aucun résidu. Ce n'était pas ce qu'il cherchait, alors il l'a mise de côté.

Quelques années plus tard, son collègue Arthur Fry cherchait une manière de garder son livre de chant choral à la bonne page. Son signet tombait sans arrêt !

Il a alors pensé à la colle de Spencer, qui ne colle pas beaucoup et ne laisse pas de traces.

Il pouvait désormais coller son signet à la bonne page et l'enlever sans abîmer son livret !

Le BRAILLE

Le braille est un système d'écriture et de lecture pour les personnes non voyantes. Il a été inventé par Louis Braille, un adolescent aveugle âgé de 16 ans, vers 1825 !

En braille, l'écriture est constituée de points en relief. On utilise le toucher pour remplacer la vue : on lit avec le bout des doigts. Le nombre de points surélevés disposés sur 2 colonnes de 3 rangées indique la lettre ou le symbole représenté.

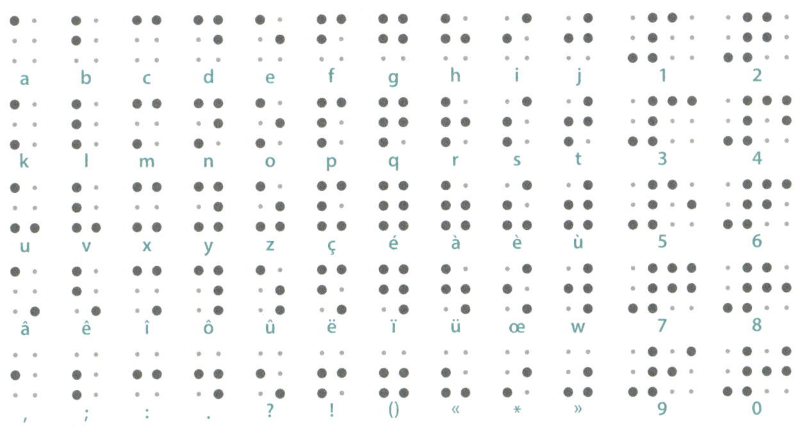

En français, les 64 combinaisons permettent d'écrire les 26 lettres de l'alphabet, les caractères avec des accents et des signes de ponctuation. La lettre représentée par les 6 points est le « é » tandis que l'absence de points indique un espace !

La MACHINE À ÉCRIRE

Tu t'es déjà demandé pourquoi les touches sur ton clavier d'ordinateur n'étaient pas en ordre alphabétique ?

C'est la faute de la machine à écrire, popularisée en 1874. Cet instrument est composé d'un clavier où chaque touche est reliée à un bras où la lettre est gravée.

Le bras frappe un fil d'encre tendu devant une feuille de papier, ce qui imprime la lettre. En tapant plusieurs touches rapidement, les bras peuvent se heurter, ce qui endommage la machine. Les touches ont été placées ainsi pour diminuer ces risques.

Évidemment, si tu fais une faute avec cette méthode, tu devras recommencer ta page, car ton erreur sera déjà imprimée sur la page!

Le CODE MORSE

Le code morse est un système de communication où chaque lettre est représentée par une combinaison de lignes et de points.

Il a été inventé par Samuel Morse pour être utilisé avec un télégraphe. Le code morse se transmet très bien par des impulsions électriques ou des lumières qui s'allument et s'éteignent.

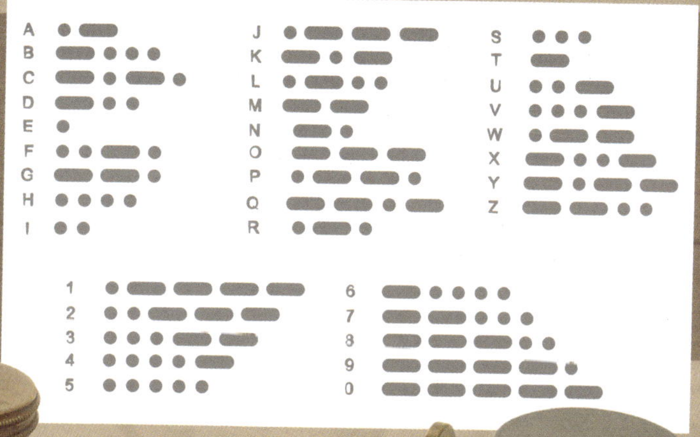

Le savais-tu ?

Le signal de détresse **SOS** *provient du code morse : trois points, trois lignes, trois points.*

• • • ▬ ▬ ▬ • • •

Au départ, seul l'anglais existe en code morse, mais rapidement, on ajoute des caractères pour représenter plusieurs langues. Le code morse international naît en 1851.

Les **SMS** et les **TEXTOS**

Le premier SMS a été envoyé le 3 décembre 1992 par Neil Papworth, un informaticien anglais âgé de 22 ans. Le message disait « Merry Christmas ! » (Joyeux Noël).

À l'origine, le SMS n'est pas destiné au grand public, mais sert de messagerie entre les employés de l'entreprise où travaille Papworth.

C'est à la fin des années 1990 que le SMS a réellement été commercialisé par les compagnies de télécommunications.

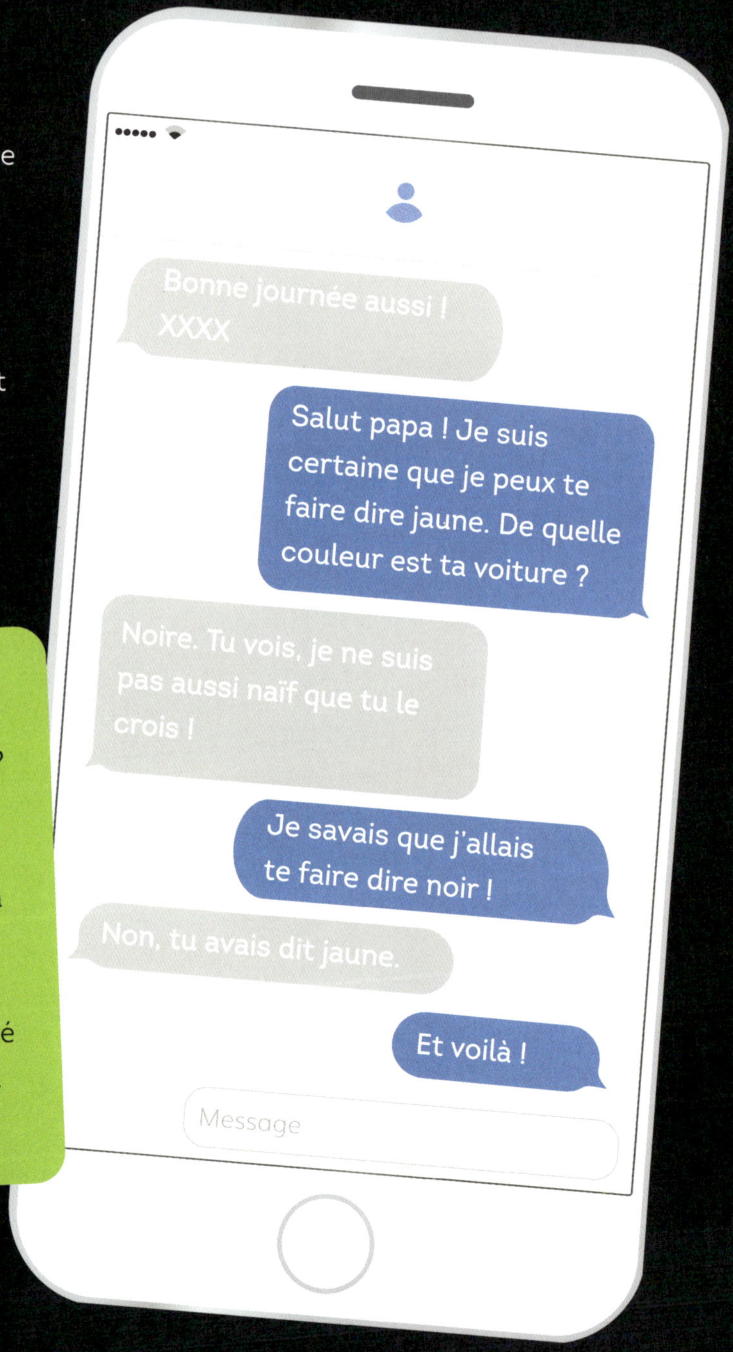

Le savais-tu ?

Quelle est la différence entre un SMS et un texto ? C'est la même chose ! La compagnie française SFR a tenté de déposer la marque Texto en 2001. Mais elle n'a pas réussi, car ce mot était déjà entré dans le langage courant.

Le TÉLÉPHONE

On dit souvent qu'Alexander Graham Bell a inventé le téléphone, même s'il n'est pas le premier à en avoir l'idée. Bell travaille avec des malentendants. Pour les aider, il s'intéresse à la transmission du son. Il développe l'idée que les sons ont chacun leur fréquence.

Si on projette plusieurs fréquences sur un même fil, plusieurs messages différents peuvent être transportés sur le même réseau. La voix est donc transmise par des courants électriques. En 1876, Graham Bell dépose un brevet pour cette idée.

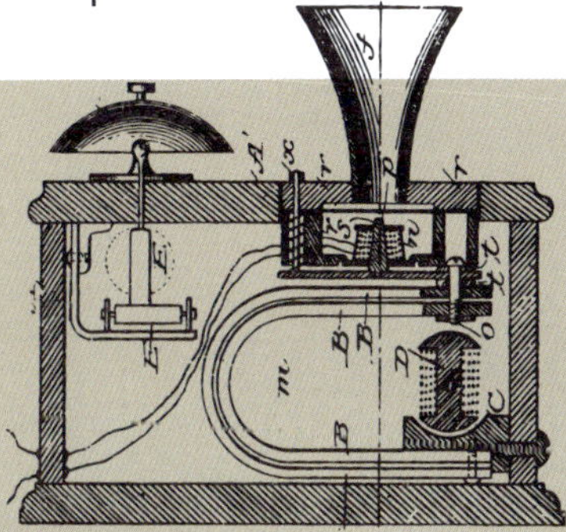

1910

1930

Aujourd'hui, tu peux appeler les gens grâce à un numéro, mais au départ, pour faire un appel, on devait parler à quelqu'un qui transférait l'appel à la bonne personne grâce à des fils branchés dans un immense panneau !

1980

1960

1990

Le téléphone **PORTABLE**

Le téléphone portable a été inventé en 1973. À ce moment, ce n'est pas un téléphone de poche : il mesure 22 centimètres de long et pèse plus de 1 kg ! C'est plus qu'un contenant de 2 litres de lait !

Dix ans plus tard, un premier portable « allégé » est en vente. Rapidement, avec la miniaturisation des technologies, les portables sont devenus incontournables pour communiquer de façon rapide et instantanée.

Maintenant, ils ne servent plus seulement à téléphoner. La présence d'un grand écran et la capacité de gérer des données ont rendu le téléphone portable si populaire que certains pays ont plus d'appareils que d'habitants !

La RADIO EN ONDES

Avant la découverte des ondes radio, les communications à longue distance sont réalisées grâce à des fils, avec le télégraphe et le téléphone.

Les ondes électromagnétiques ont permis la transmission télégraphique sans fil. Le code morse a permis de développer un système fonctionnel. Rapidement, plusieurs inventions comme l'amplificateur et l'antenne rendent possible la transmission de la voix. Il restait à la projeter à distance grâce aux ondes.

C'est en 1915 qu'est réussie la première transmission de parole sans fil. Cinq ans plus tard, la première station de radio est fondée. Il suffit d'avoir un récepteur qu'on règle sur la bonne fréquence pour capter l'émission.

L'APPAREIL PHOTO

Se prendre en photo avec son téléphone ne prend que quelques secondes, mais il n'en a pas toujours été ainsi. Avant l'arrivée du téléphone intelligent, c'était beaucoup plus compliqué !

Nicéphore Niépce produit, vers 1826, la première photographie. Mais il ne parvient pas à fixer l'image. Il s'associe donc à Louis Daguerre et invente le daguerréotype, où l'image est fixée et est révélée par un produit chimique.

En 1861, Thomas Sutton réalise la première photo couleur. En 1948, l'Américain Edwin H. Land commercialise le premier appareil photo instantané, sous la marque *Polaroid*.

Le savais-tu ?

Le Mammouth est le plus gros appareil photo jamais construit. Il mesurait 4 mètres de long et pesait plus de 410 kg ! Il servait à photographier des trains.

Le CINÉMA

Le cinéma est la projection d'images en mouvement. Pour les enregistrer, on utilise le principe de la persistance rétinienne. La rétine est une couche dans ton œil où s'impriment les images. Il y a 24 images par seconde qui frappent ta rétine.

Si 24 images par seconde défilent devant tes yeux, tu as l'impression que le mouvement est continu. Un film est donc une succession rapide d'images. En 1891, Thomas Edison invente le kinétographe. C'est une caméra qui permet d'enregistrer des images qui seront ensuite projetées par le kinétoscope.

Le savais-tu ?

Les frères Lumière, en 1895, font breveter le cinématographe qui projette les images. Ils deviennent donc les inventeurs du cinéma, même si Léon Bouly avait déjà breveté cette invention !

La TÉLÉVISION

La télévision fonctionne sur le même principe que la radio : une information est transformée en signaux électromagnétiques. Pour la télévision, ce sont des images en plus du son.

Plusieurs inventeurs travaillent à développer cette technologie pendant de nombreuses années, mais la première image télévisuelle est produite en 1926. Elle est mécanique : des disques tournent et permettent de voir bouger les images.

Le savais-tu ?

En 1928, la première télévision électronique est créée. Elle possède un tube cathodique, qui transforme les impulsions en son et en images en noir et blanc. La télévision couleur est inventée en 1938. La diffusion se faisait, au départ, par antenne. On a depuis utilisé le câble, le satellite et maintenant, Internet !

Le PAPIER

Le papier est originaire de la Chine. Il a été perfectionné vers l'an 100 par un moine chinois, nommé Cai Lun, pour remplacer la soie, trop chère, et le bambou, trop lourd.

En Occident, on utilisait le papyrus ou le parchemin pour écrire. Le papyrus était produit à partir d'une plante, tandis que le parchemin était fait de peau animale très mince. Le papier les remplace, car il est plus accessible et plus résistant. C'est avec l'invention de l'imprimerie que le papier élimine définitivement les anciens supports d'écriture.

L'IMPRIMERIE

Avant l'invention de l'imprimerie, il fallait recopier tous les livres à la main pour en avoir plusieurs exemplaires. Tu ne pourrais pas lire ce livre sans l'avoir recopié !

Heureusement, Johannes Gutenberg, vers 1450, invente une manière de presser des lettres. Elles sont gravées dans le métal et recouvertes d'encre.

L'arrivée du papier facilite ce travail, car il coûte moins cher et donne de bons résultats. Depuis ce temps, on peut composer la page avec les petits blocs métalliques et l'imprimer autant de fois qu'on le désire.

L'ENCRE

L'encre sert à marquer le papier. Elle existe en pâte ou en liquide. On utilise un bâton (bois, plume, etc.) pour l'appliquer sur le support d'écriture.

L'encre de Chine, la plus utilisée dans le monde, a été inventée par le philosophe chinois Tien-Lcheu, vers 2697 avant J.-C. On ne sait pas d'où provient l'encre. En Égypte et en Chine, on en fabrique et on en utilise depuis plusieurs milliers d'années.

Le savais-tu ?

L'encre est composée d'un colorant d'origine organique, végétale, minérale ou chimique, ainsi que d'un solvant.

Le STYLO À BILLE

Avant l'invention du stylo à bille, écrire à l'encre était difficile. Il fallait tremper une plume dans un encrier ou utiliser un stylo-plume qui laisse s'écouler l'encre.

Il fallait trouver comment laisser couler l'encre à la bonne vitesse. Un journaliste hongrois, László Biró, a observé que la saleté collait sur les billes si elles roulaient dans l'eau sale. Cela lui a donné l'idée d'insérer une bille au bout de son stylo-plume. La bille se colorait dans l'encre et la transférait ensuite sur le papier. Le stylo à bille venait d'être inventé !

Le MAGNÉTOPHONE

L'enregistrement du son te permet d'écouter ta musique préférée sans assister à un concert. Il est possible d'enregistrer depuis 1857. C'était peu utile, car à l'époque, on ne peut pas écouter l'enregistrement.

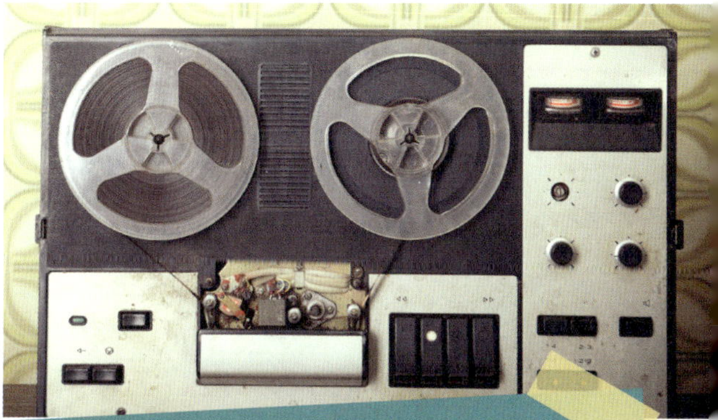

Thomas Edison enregistre, en 1877, sur de minces feuilles de métal, tandis que Graham Bell le fait sur du papier enduit de cire d'abeille en 1886. C'est cependant en 1935 que la révolution sonore a lieu !

Le Magnetophon, inventé en Allemagne, est le premier magnétophone qui permet d'enregistrer sur des bandes magnétiques. La production d'enregistrements sonores de bonne qualité devient accessible à tout le monde.

Le disque VINYLE

L'enregistrement sur disque est inventé avec le gramophone. Sur le disque, des sillons sont tracés avec des profondeurs variables.

Une aiguille réagit aux variations de profondeur et le son est projeté par un haut-parleur. Le disque est en caoutchouc vulcanisé.

On doit remonter le gramophone à l'aide d'une manivelle à une vitesse de 70 tours par minute.

En 1948-1949, les disques de 33 tours et de 45 tours apparaissent. Le vinyle permet de graver des sillons plus petits (des microsillons). Ainsi, la quantité d'informations inscrites sur un disque augmente, ce qui permet d'enregistrer 30 minutes par face.

La STÉNOTYPE

Une sténotype est une machine à écrire comportant moins de touches qu'une machine standard. Elle est utilisée par un sténographe.

La sténotype permet de retranscrire une conversation en temps réel. Le sténographe n'écrit pas tous les mots, il utilise des raccourcis phonétiques et des combinaisons de touches qui ont un sens précis. Il faut ensuite retranscrire les documents en langue normale pour que tout le monde puisse les lire.

Aujourd'hui, les logiciels de retranscription vocale réalisent la même opération très efficacement.

La LUNETTE D'APPROCHE

La lunette d'approche et le télescope sont développés dans les années 1500-1600. En 1609, Galilée est le premier à se servir d'une lunette composée d'une lentille convexe et d'une lentille concave pour observer le ciel nocturne.

Plusieurs scientifiques améliorent la lunette de Galilée. Kepler utilise des lentilles convexes, Huygens les grossit, Cassini allonge la lunette, Dollond utilise des verres différents...

Rapidement, les lunettes sont remplacées par les télescopes à miroir qui sont plus efficaces. Newton en conçoit un dès 1668. Ces télescopes sont eux-mêmes remplacés par les radiotélescopes, qui enregistrent des ondes qu'on ne voit pas. Elles nous permettent de « voir » pourtant très loin !

Le TALKIE-WALKIE

Le talkie-walkie est inventé vers la fin des années 1930. Les premiers appareils utilisés pendant la Seconde Guerre mondiale sont des sacs à dos pesant parfois plus de 15 kilos ! Heureusement, aujourd'hui, ils sont petits et légers.

Un talkie-walkie est un système de communication qui permet de parler (talk, en anglais) en marchant (walk, en anglais).

Le savais-tu ?

Au départ, il ne permet pas aux deux interlocuteurs de parler en même temps. Lorsqu'il émet, l'appareil ne peut pas recevoir.

Finalement, la majorité des modèles ne permettent pas de conversations privées, car l'émetteur et le récepteur utilisent des ondes électromagnétiques qui peuvent être captées par tout le monde.

Le GPS

Les lettres GPS signifient « Global Positioning System ». C'est un système de communication fonctionnant avec des satellites disposés sur 6 orbites différentes autour de la Terre.

La position de tout dispositif branché sur le GPS est calculée avec le temps de communication entre le dispositif et les satellites. L'armée américaine a développé ce système dans les années 1960. Le GPS devient accessible au public au début des années 2000.

D'autres systèmes existent, comme Galileo qui est conçu par l'Europe.

Le GPS et Galileo utilisent une science appelée « géodésie ». Cette science étudie la forme de la Terre en tenant compte de l'altitude. Cela permet de déterminer avec précision la position de chaque point de la surface terrestre.

La BOUSSOLE

Une boussole est un dispositif d'orientation reposant sur le magnétisme. L'aiguille de la boussole est aimantée et peut tourner librement. Le champ magnétique terrestre l'oriente dans un axe nord-sud.

Vers le 11e siècle, les navigateurs chinois utilisaient une aiguille de fer frottée contre de la magnétite. Elle flottait librement dans l'eau et s'orientait dans la bonne direction. Vers le 15e siècle, les navigateurs réalisent que la boussole ne pointe pas vers le pôle Nord géographique. Il existe donc un endroit qui s'appelle le pôle Nord magnétique.

Penses-tu que le père Noël habite au pôle Nord géographique ou magnétique ?

Le RADAR

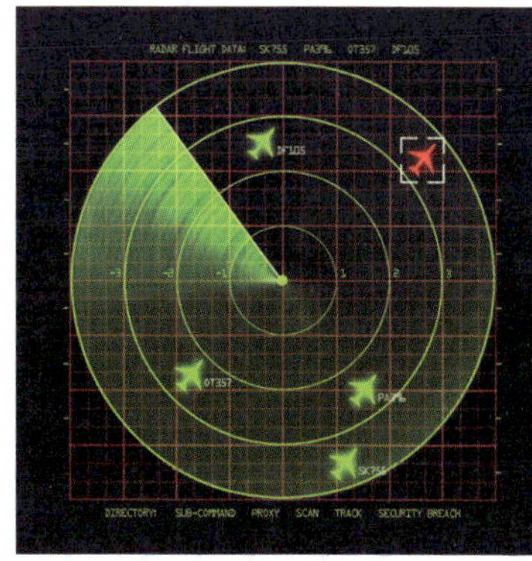

Quand tu regardes les prévisions météorologiques avant de t'habiller pour sortir de chez toi, tu utilises une des nombreuses applications du radar !

Quand un émetteur produit des ondes radio, elles sont réfléchies lorsqu'elles frappent des objets. On le sait depuis la fin des années 1800, mais ce n'est que dans les années 1930 que les militaires décident de l'utiliser pour détecter les ennemis qui s'approchent.

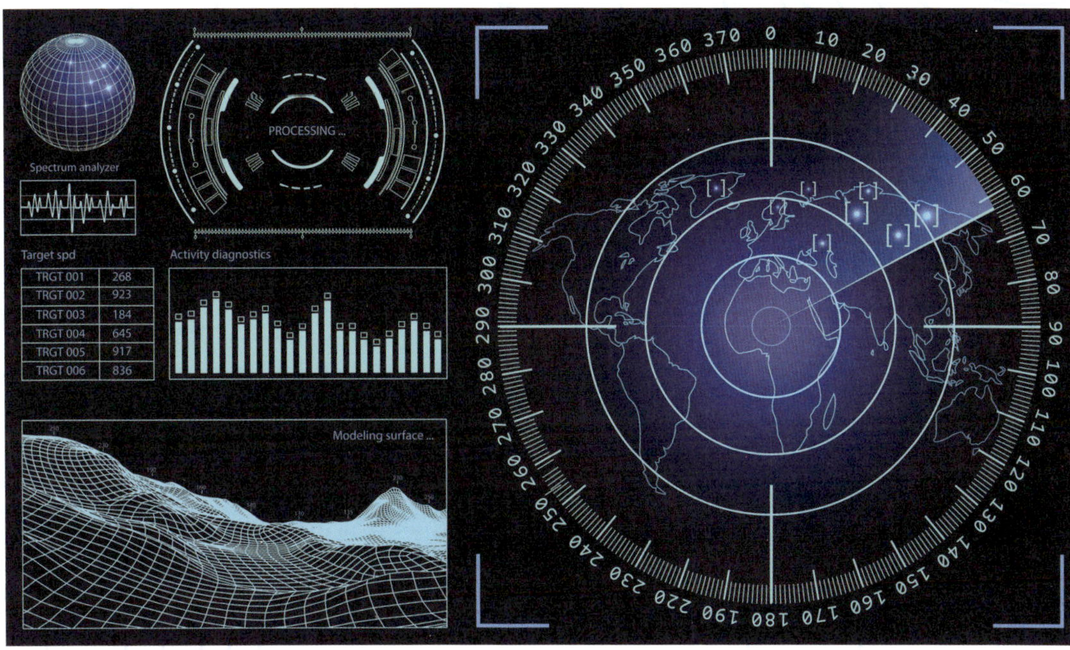

Le radar permet de détecter la position et la vitesse des avions, des bateaux, des vents et de la pluie.

Aujourd'hui, des radars météorologiques sont installés un peu partout sur Terre et permettent de suivre les phénomènes météo comme les orages ou les ouragans.

Le SISMOGRAPHE

Un sismographe est un appareil qui enregistre les mouvements du sol. On l'utilise pour détecter les tremblements de terre parfois imperceptibles pour l'humain. C'est ce qu'on appelle l'activité sismique.

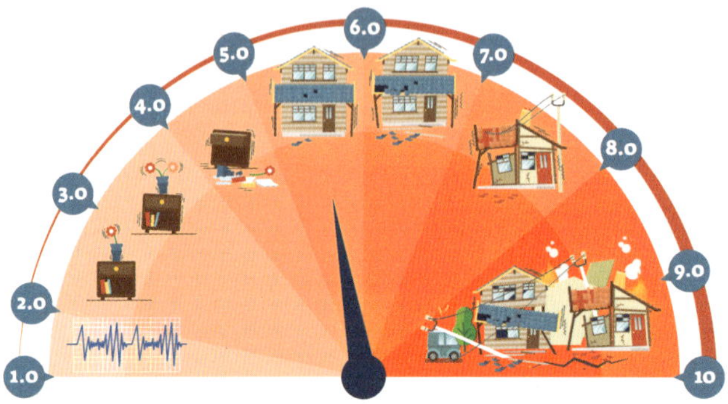

Les données sont enregistrées sur des rouleaux de papier et mesurées sur l'échelle de Richter. Les petites secousses se situent à 1 ou 2 sur l'échelle de Richter, alors que les tremblements de terre les plus violents peuvent atteindre 9 degrés !

La Terre est la seule planète de notre Système solaire à connaître des tremblements de terre.

Le savais-tu ?

Le plus fort séisme de tous les temps est survenu dans la ville chilienne de Valdivia, le 22 mai 1960. Il a atteint une magnitude de 9,5 sur l'échelle de Richter !

Le WI-FI

L'acronyme « Wi-Fi » signifie « Wireless Fidelity », donc « fidélité sans fil ». C'est une méthode de communication qui utilise les ondes pour connecter des appareils électroniques à l'Internet sans connexion physique.

Un appareil appelé « routeur » est connecté à l'Internet. Avec ses antennes, il relaie le signal.

Le savais-tu ?

En plus du Wi-Fi, il y a le WLAN, qui signifie « Wireless Local Area Network ». Cette expression désigne un réseau local sans fil où les machines communiquent entre elles sans l'Internet.

L'INTERNET

L'histoire d'Internet est une histoire militaire.
Les États-Unis souhaitaient développer un autre réseau de communication pour se prémunir contre une attaque qui détruirait leur réseau téléphonique.

Et si les ordinateurs communiquaient entre eux ? En 1969, la première communication est effectuée. En 1970, 4 ordinateurs se trouvent dans le premier réseau. D'autres réseaux sont créés. Il y en a plusieurs, qui ne se parlent pas.

Vers la fin des années 1970, les réseaux communiquent aussi entre eux grâce à un protocole appelé « Internet ». C'est un réseau d'échange. En 1991, on crée le réseau d'information qu'on appelle aujourd'hui « Internet ».

Le savais-tu ?

Pourquoi écrit-on « www » avant les adresses Internet ? C'est que le réseau s'appelle en fait le « world wide web ». En français, on dirait la « toile géante mondiale ».

L'ORDINATEUR

Un ordinateur est un calculateur géant, capable d'accomplir plusieurs opérations très rapidement. Son ancêtre est donc... la calculatrice !

Le premier calculateur programmable, ENIAC, fonctionne déjà en 1945-1946. Ce n'est pas un ordinateur, car il n'a pas de mémoire.

Le MARK 1 conçu à l'université de Manchester possède une véritable capacité mémorielle. C'est peut-être le vrai premier ordinateur. Des développements technologiques rapides ont lieu dans les années suivantes et permettent de réduire la taille des ordinateurs. Pour commencer, les transistors remplacent les lampes et les câbles. Ensuite, les circuits intégrés apparaissent, suivis des microprocesseurs.

En 1948, IBM construit le SSEC, qui inclut une minime mémoire.

La **SOURIS** d'ordinateur

La souris d'ordinateur tire son nom de sa ressemblance avec le petit rongeur. Les premières souris, dans les années 1960, étaient des boîtiers de bois contenant deux roulettes. Quelques années plus tard, un modèle à bille est produit par Xerox.

L'invention intéresse Apple, qui commercialise un premier ordinateur muni de la souris. Cependant, de la poussière et de la saleté s'incrustent autour de la bille, ce qui nuit au fonctionnement de la souris. Une première souris optique est commercialisée vers la fin des années 1980. Elle n'est pas très précise. Elle est remplacée par la souris utilisant le laser, qui est plus efficace.

Depuis 1984, la souris sans fil existe. Pourtant, on en retrouve encore beaucoup qui fonctionnent avec fil !

Les faits étonnants sur le CORPS HUMAIN

Les MUSCLES les plus actifs se trouvent DANS TES YEUX !

Les muscles oculaires sont parmi les plus actifs de ton corps au cours d'une journée. Pour mettre au point ta vision en rendant les images nettes, ils peuvent s'activer jusqu'à 100 000 fois par jour !

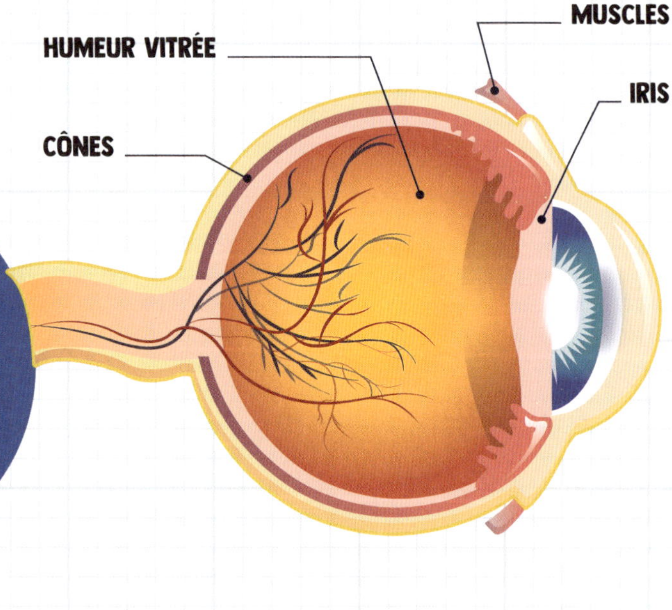

Sans en avoir conscience, les muscles de tes yeux sont constamment en mouvement, même lorsque tu es au repos ou que tu dors.

Des MOUCHES VOLANTES dans les yeux

Rassure-toi, ce ne sont pas de vraies mouches ! Cette expression désigne les formes grises que tu peux avoir l'impression de voir flotter dans les airs autour de ta tête. Ces corps « flottants » se situent en fait dans tes yeux !

Dans ton œil existe une partie appelée « humeur vitrée ». C'est un gel qui donne la forme sphérique à ton œil. En vieillissant, ce gel se désagrège et forme de petites particules. Ce qu'on peut voir flotter, ce sont des particules agglutinées de cette substance.

C'est ce qu'on appelle communément les « mouches volantes » !

L'œil détecte jusqu'à 2 MILLIONS de VARIATIONS de COULEURS différentes

La lumière blanche n'est pas vraiment blanche. C'est un mélange des trois couleurs de lumière : le bleu, le vert et le rouge. En réalité, l'œil humain ne perçoit que ces couleurs primaires.

Quand tu vois une autre couleur, c'est un mélange de ces lumières primaires. Sais-tu que l'on peut distinguer jusqu'à 200 nuances d'une même couleur primaire ?

En mélangeant ces couleurs, on obtient 8 millions de combinaisons possibles !

Les spécialistes estiment plutôt à 300 000 le nombre de teintes différentes qui sont perçues par l'œil humain moyen. Des tests récents ont démontré qu'on pouvait aller **jusqu'à 2 millions de teintes** chez un bon nombre de personnes.

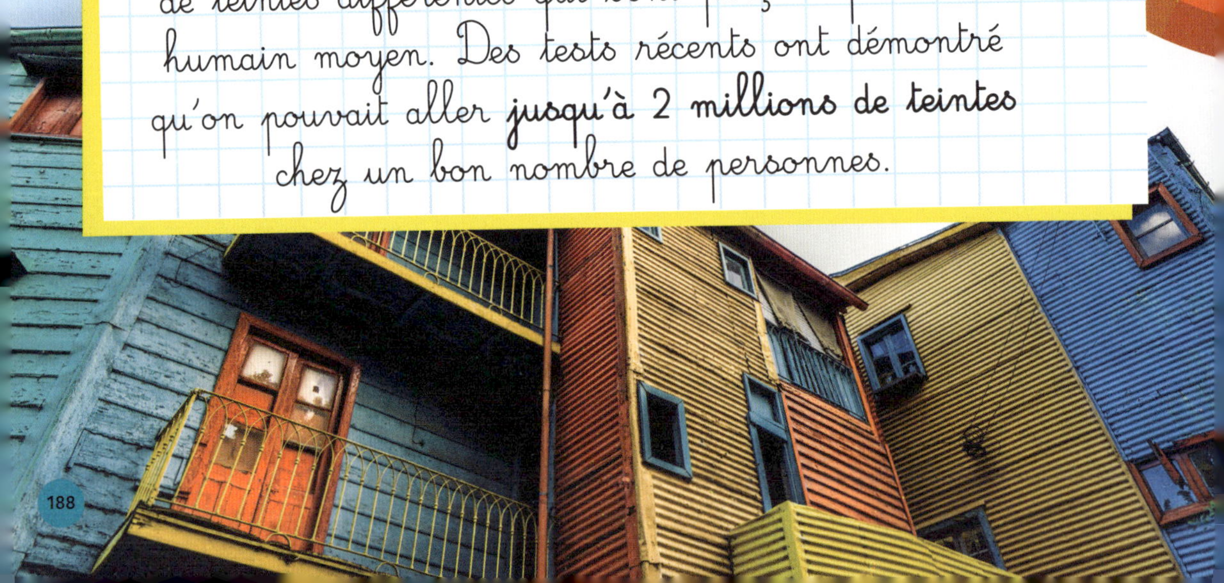

L'ÉQUILIBRE est une question d'OREILLE

Si tu peux tenir en équilibre, c'est grâce à un ensemble de fonctions de ton corps, notamment à ce qui se passe dans ton oreille interne. Des muscles et des influx nerveux te permettent de rester debout. Dans ton oreille interne, il y a plein de petites cavités remplies de liquide qui envoient des signaux à ton cerveau. Ce qu'on appelle le « système vestibulaire ».

Quand tu bouges, ces liquides se déplacent, ce qui indique à ton cerveau la position que tu occupes dans l'espace. Si la quantité de liquide dans une de ces cavités est inadéquate, tu risques d'avoir des problèmes d'équilibre et de te sentir étourdi.

Qui a dit que l'oreille servait seulement à entendre ?

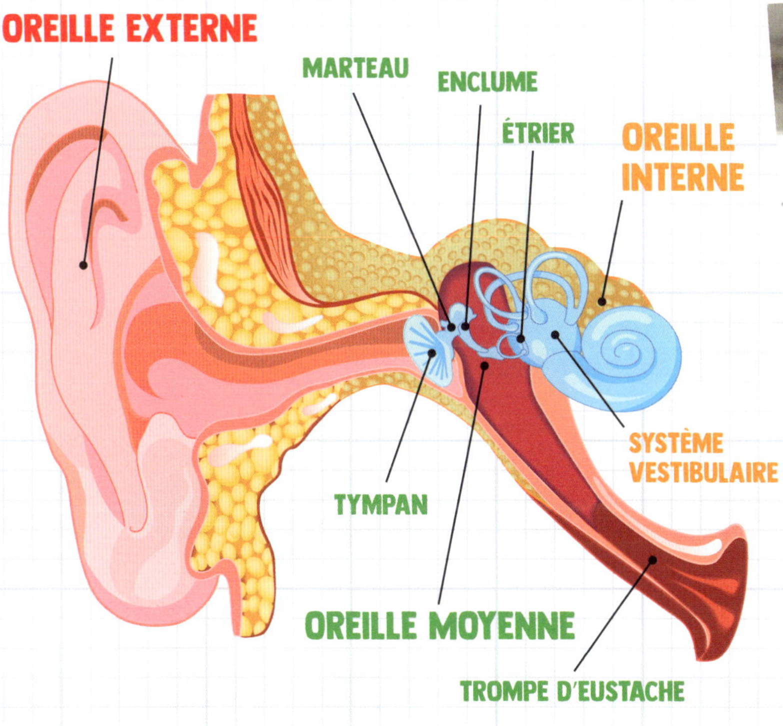

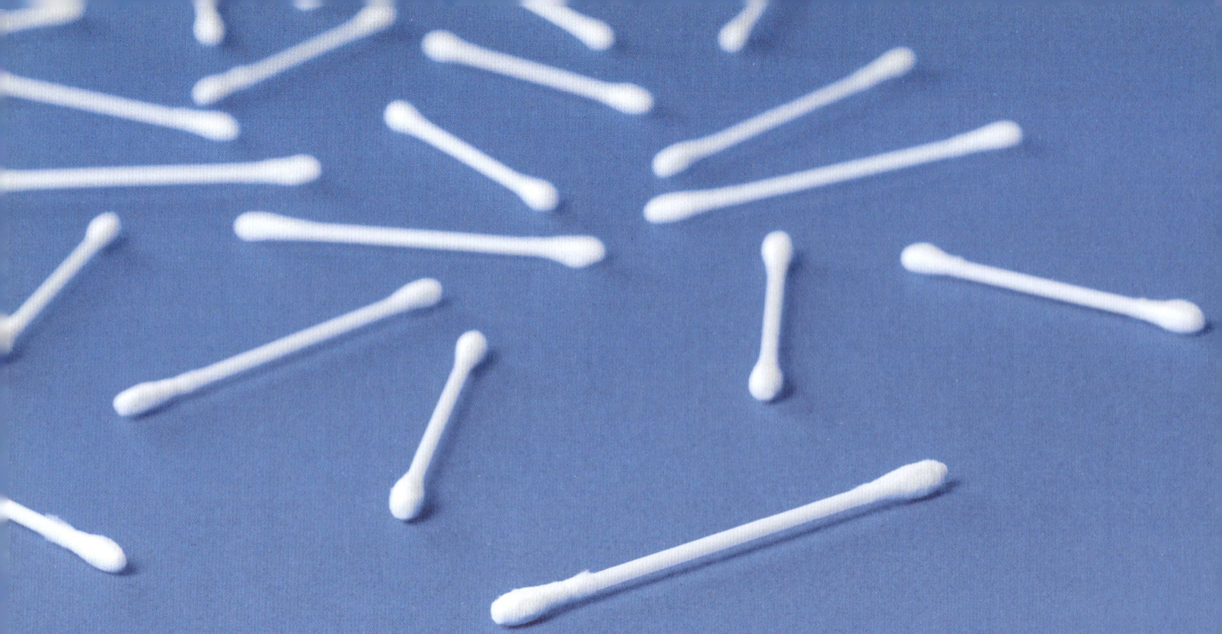

La **CIRE D'OREILLE** n'est pas de la cire

Souvent appelé à tort « cire humaine », son vrai nom est « cérumen ». Si sa texture rappelle la cire d'abeille, ce n'est pas du tout la même chose.

Deux glandes, dans ton conduit auditif, sécrètent cette substance jaunâtre qui sert à nettoyer le passage entre ton tympan et l'extérieur.

Plusieurs particules comme la poussière, les poils, le pollen s'infiltrent dans tes oreilles. Près des glandes à cérumen se trouvent les glandes sébacées.

Elles sécrètent le sébum, un liquide gras qui hydrate les tissus.

Il est déconseillé d'enlever le cérumen, car il protège ton conduit auditif des intrusions. Par contre, si un bouchon douloureux nuit à ton audition, mieux vaut faire appel à un spécialiste de la santé pour le retirer !

Le **PLUS PETIT OS** est dans tes oreilles

Non, tu ne peux pas te fracturer l'oreille ! Ce que tu vois de l'oreille externe (le pavillon) est fait de cartilage, mou et flexible. Cependant, au bout de ton canal auditif, il y a le tympan. De l'autre côté se trouve une cavité qui renferme trois os minuscules.

Ces trois os ont été nommés en fonction d'objets auxquels ils ressemblent : le marteau, l'enclume et l'étrier.

Leur rôle consiste à transformer les vibrations du tympan, causées par les sons, en message que le nerf auditif conduira vers le cerveau pour être interprété.

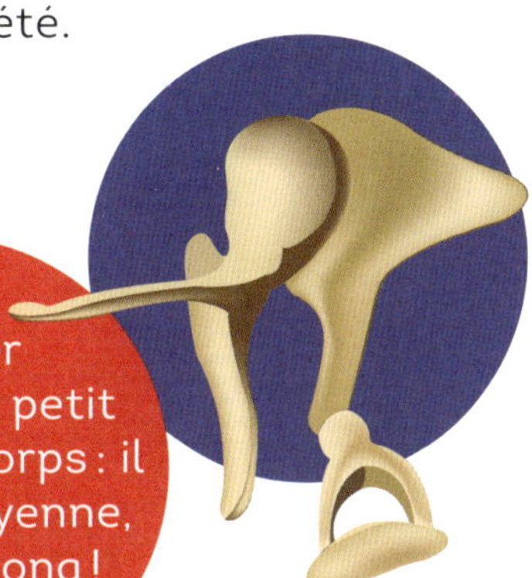

L'étrier est le plus petit os de ton corps : il fait, en moyenne, 3 mm de long !

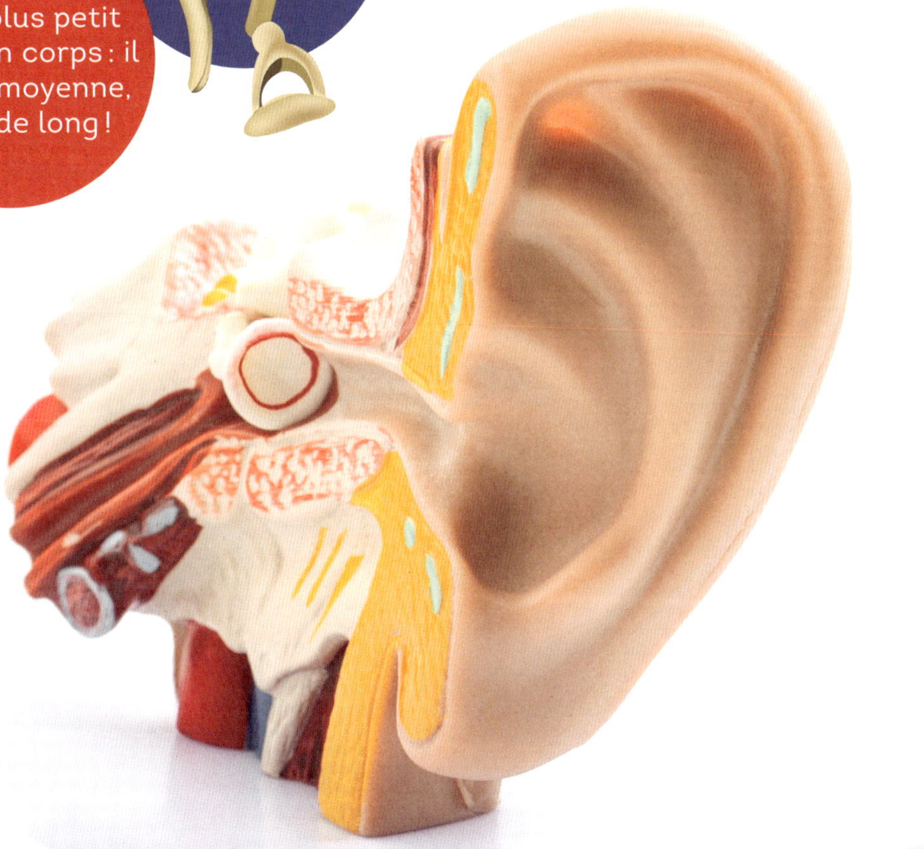

Ton nez a une **MÉMOIRE**

As-tu déjà senti une odeur et ressenti immédiatement une émotion très forte liée à un souvenir ? Même lorsqu'on est jeune, certaines odeurs sont associées à des situations vécues.

Ce n'est pas ton nez qui possède une mémoire... mais presque ! Dans ton nez se trouvent des récepteurs olfactifs, des cellules spécialisées dont le rôle est de détecter des odeurs. Elles envoient au cerveau des signaux qui seront analysés par une zone qu'on appelle « système limbique ».

C'est aussi là que se forment les souvenirs, les apprentissages et les émotions. C'est pour ça qu'une certaine odeur te rappelle les câlins de ta maman ou encore une visite chez grand-papa !

Le savais-tu ?

Jusqu'à tout récemment, la science estimait que le nez humain pouvait distinguer 10 000 odeurs différentes. Mais des chercheurs ont vérifié cette hypothèse et ont conclu qu'il s'agirait plutôt de 1 000 milliards d'odeurs !

Tu es une usine
À MUCUS

Ton corps produit entre 1,5 et 2 litres de mucus par jour. Ce liquide visqueux sert à hydrater tes muqueuses, c'est-à-dire les membranes qui tapissent l'intérieur de nombreux organes de ton corps, comme tes voies respiratoires et ton système digestif. Sans mucus, tes tissus s'assécheraient et pourraient craquer, ce qui te rendrait plus sensible aux infections virales ou bactériennes.

Si tu es malade, ton système immunitaire envoie des globules blancs pour combattre l'infection. Ils sécrètent une enzyme verte qui teinte le mucus en vert. De la morve verte n'indique pas nécessairement que tu es malade, mais plutôt que ton corps combat quelque chose avec vigueur.

La lumière peut te **FAIRE ÉTERNUER**

Règle générale, l'éternuement te permet de te débarrasser des éléments irritants pouvant se trouver dans tes fosses nasales ou ailleurs dans ton système respiratoire. Il s'agit d'une expulsion violente de l'air contenu dans tes poumons, tant par ton nez que par ta bouche. Le pollen, le poivre, les odeurs fortes, la poussière..., sont des intrus susceptibles de te faire éternuer !

L'éternuement peut aussi être causé par une lumière vive qui frappe le nez. Ce réflexe photo-sternutatoire aussi appelé « éternuement héliotropique » atteint environ 25 % des gens ! La proximité du nerf optique (responsable de la vue) avec le nerf trijumeau (responsable de l'éternuement) provoquerait cette réaction.

Tes **ÉTERNUEMENTS** sont rapides !

Mesurer la vitesse d'un éternuement, ce n'est pas facile ! En effet, il faut suivre le déplacement de gouttelettes microscopiques expulsées à très grande vitesse.

Lors d'une expérience en laboratoire filmée par des caméras à haute définition, on a mesuré plutôt 4,5 m/s ; c'est l'équivalent de 16 km/h. C'est une vitesse rarement atteinte à la course pour des enfants !

ÉTERNUER dans la langue de son choix

La transcription d'un son sous forme de mot s'appelle une « onomatopée ». Les cris des animaux en font partie et certains mots sont formés grâce aux onomatopées. Par exemple, un « roucoulement » désigne le chant d'un oiseau qui sonne « r-r-rou, r-r-rou ».

Le bruit d'un éternuement, en français, s'écrit en général « atchoum ». Mais on rencontre aussi « apitchou » et « atcha ».

Tout comme les cris des animaux, l'onomatopée qui désigne l'éternuement varie d'une langue à une autre.

Cela dépend des mots qui existent dans la langue en question. En effet, tous entendent le même son, mais chacun utilise sa propre manière de le communiquer.

Le savais-tu ?

« Éternuer » en différentes langues : en fait, ça se ressemble beaucoup !

FRANÇAIS	→	ATCHOUM
ANGLAIS	→	ACHOO
MANDARIN	→	AH-TI
ITALIEN	→	ETCIÙ
JAPONAIS	→	KUSHAN
PORTUGAIS	→	ATCHIM
SUÉDOIS	→	ATJOO

Difficile d'éternuer les YEUX OUVERTS

As-tu déjà eu peur que tes yeux soient expulsés de leur orbite si tu ouvrais les paupières en éternuant ?

En fait, ce n'est pas pour cette raison que tes paupières se ferment quand ton corps est secoué par un éternuement. Ce réflexe est si violent qu'il s'accompagne par le passage d'influx nerveux dans différentes parties du corps. Plusieurs muscles, surtout liés à la respiration, se contractent dans la poitrine, l'abdomen, le diaphragme, le visage, etc.

La pression de l'air ainsi créée remonte vers le nez et la bouche. Cela touche les canaux lacrymaux responsables de la formation des larmes, situés dans les yeux. Les paupières se ferment donc par réflexe.

Le savais-tu ?

Il est déconseillé de te boucher le nez en éternuant, car la pression de l'air peut endommager tes tympans !

Tes dents sont **PLUS DURES** que l'acier

Tes dents servent à mâcher et à broyer: elles doivent donc être solides pour écraser des aliments coriaces. C'est ce qu'on appelle la « dureté de la dent ».

L'émail qui recouvre tes dents est la substance la plus dure du corps humain. Certains animaux possèdent le même type d'émail que toi. Donc, tes dents sont aussi dures, mais moins tranchantes, que celles d'un tyrannosaure ou d'un requin!

Aussi, l'émail est plus dur que l'or, que l'argent, et que l'acier. Par contre, l'émail est moins dur que la porcelaine ou le diamant.

Même si l'émail est très dur, l'acidité de la plaque dentaire (substance formée de salive, de bactéries et d'aliments) peut le percer. Dans ce cas, il s'agit d'une carie!

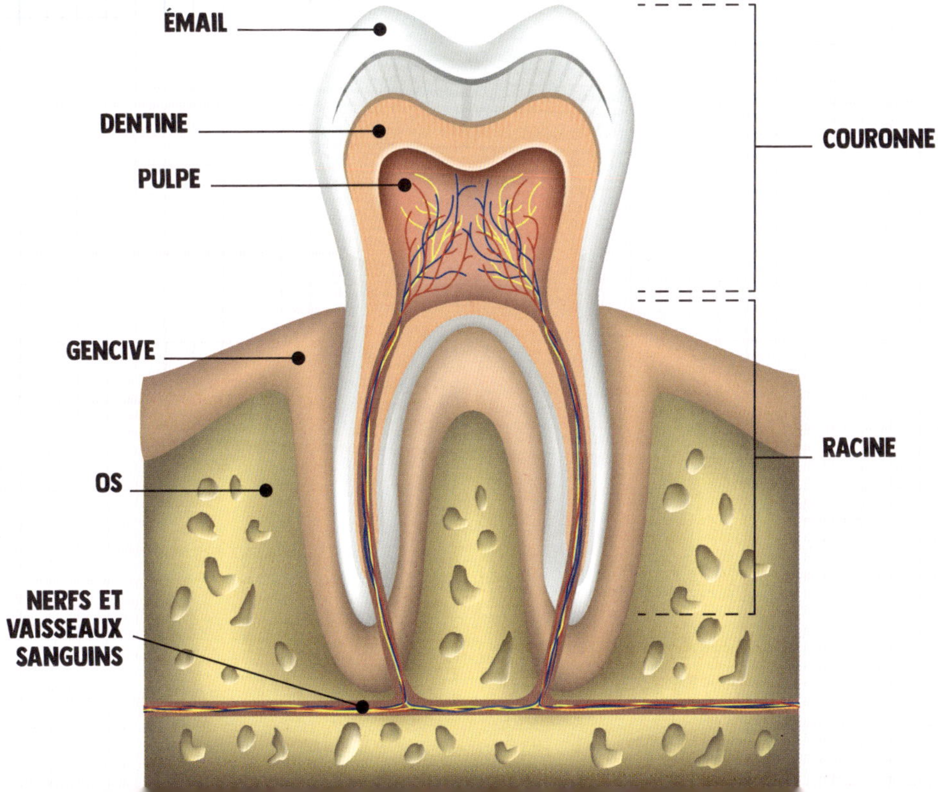

Ta langue est **UNIQUE**

Certaines caractéristiques de ton corps sont uniques et permettent de t'identifier avec certitude. Par exemple, les empreintes de tes doigts sont différentes de tout le monde. C'est la même chose pour ton ADN portant tes informations génétiques. Il appartient uniquement à toi!

Même les jumeaux identiques ont des empreintes digitales uniques et de légères différences génétiques.

CE N'EST PAS TOUT : ta langue aussi est unique! Sa forme, sa taille et sa texture sont des variables qui permettent d'identifier un individu. La combinaison de ces éléments est différente pour chaque personne!

Les papilles GUSTATIVES

La langue est un organe du corps qui n'arrête jamais de travailler : elle permet de parler mais aussi de goûter.

Aux quatre saveurs principales reconnues, soit le sucré, le salé, l'amer et l'acide, s'ajoute maintenant « l'umami », une saveur présente dans les produits fermentés ou vieillis, comme le fromage.

Les papilles gustatives sont de quatre formes différentes et contiennent des bourgeons gustatifs, des cellules spécialisées dans la perception des saveurs. Une croyance veut que les bourgeons gustatifs détectent seulement une saveur selon leur emplacement sur la langue.

De plus, on goûte aussi grâce aux bourgeons gustatifs situés dans les joues et sur le palais.

Le **GOÛT S'ATTÉNUE** avec l'âge

La majorité des saveurs complexes nécessitent un travail conjoint entre le nez et la bouche. Quand tu as le nez bouché à cause d'un rhume, par exemple, les saveurs sont différentes.

Avec l'âge, les cellules du nez perçoivent moins bien les odeurs. De plus, le nombre de papilles gustatives diminue. Cela provoque une difficulté à percevoir certaines saveurs.

Aussi, les bourgeons gustatifs dans les papilles restantes perdent de la sensibilité. Ils détectent plus facilement la saveur « amer » que les autres. Tout goûte donc plus amer avec le temps.

Le savais-tu ?

Parmi les symptômes qui permettent de diagnostiquer certaines maladies, il y a la perte du goût et de l'odorat !

LE SANG CIRCULE à différentes vitesses

Le sang circule continuellement dans ton corps. Il transporte les nutriments et l'oxygène nécessaires à tes cellules pour fonctionner, tout en les débarrassant du dioxyde de carbone et de leurs déchets . Le cœur pompe donc ton sang sans prendre de pause. Pour s'assurer que ce liquide se rende bien partout, il faut le propulser avec force.

À la sortie de ton cœur, dans l'aorte, le sang circule à 33 cm/s, soit environ 1 km/h !

Plus le sang s'aventure vers les extrémités, plus il est lent : le diamètre des artères rapetisse jusqu'à devenir minuscule dans les capillaires, les plus petits vaisseaux sanguins de ton corps.

Quand un spécialiste de la santé prend la pression artérielle, il estime la force qu'exerce le sang sur les artères quand le cœur pompe (premier chiffre : systole) et entre deux battements (deuxième chiffre : diastole).

100 000 KM de vaisseaux sanguins !

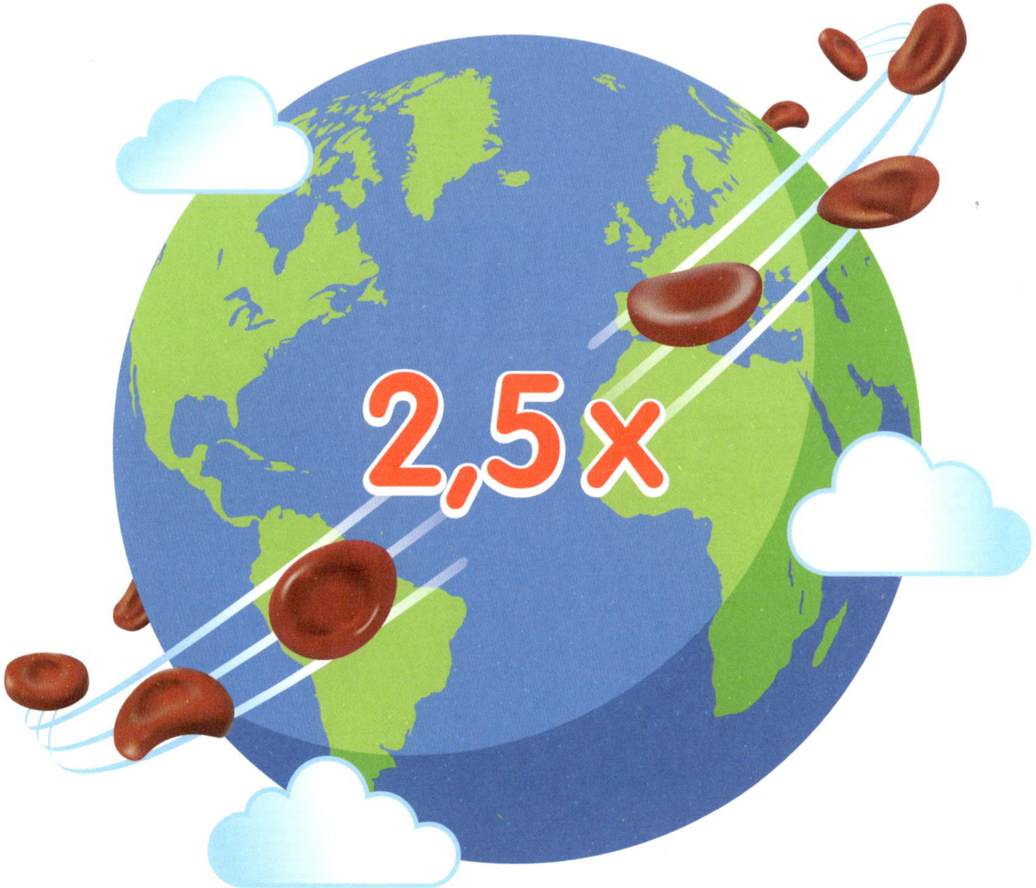

La taille totale de plusieurs systèmes de ton corps est surprenante. Par exemple, si on mettait bout à bout tous les vaisseaux sanguins d'un être humain adulte, le résultat équivaudrait environ à 2,5 fois le tour de la Terre ! La circonférence de la Terre est approximativement de 40 000 km et les vaisseaux sanguins feraient près de 100 000 km.

Ton cœur est une

DOUBLE POMPE

Le cœur est un muscle qui est en fait une double pompe qui dirige le sang dans deux circuits différents !

L'oreillette droite accueille le sang qui a circulé dans le corps. Lorsqu'elle est pleine, une contraction du cœur transfert son contenu au ventricule droit.

Ensuite, une contraction envoie ce sang aux poumons par l'artère pulmonaire. Après le plein d'oxygène, ce sang retourne au cœur, dans l'oreillette gauche.

Lors du prochain battement, cette dernière se vide dans le ventricule gauche. Celui-ci, finalement, s'ouvre sur l'aorte, où le sang repart pour une tournée qui le ramène dans l'oreillette droite après avoir parcouru le corps.

Le savais-tu ?

Il se divise en quatre compartiments : deux oreillettes et deux ventricules.

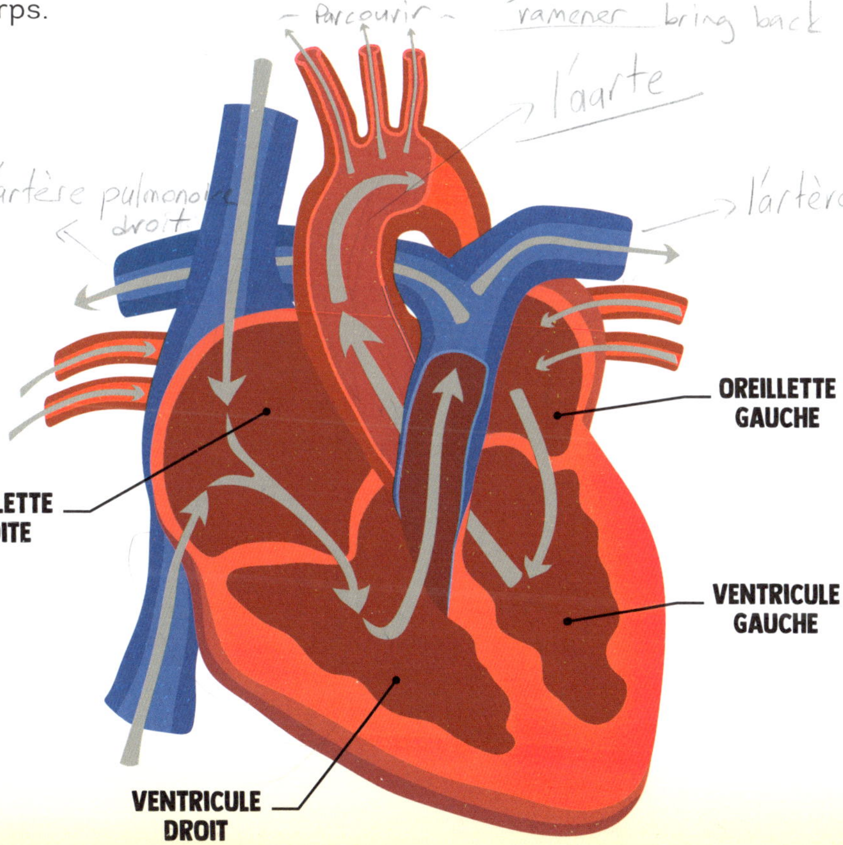

La vie fascinante d'un **GLOBULE ROUGE**

– comporter – ce livre comporte 300 chapitres
toute règle comporte des exceptions.

Ton sang est une substance liquide comportant du plasma, des globules rouges, des globules blancs, des plaquettes et d'autres éléments comme des hormones.

le sang se compose entre autres de globules blancs et de globules rouges.

Un globule rouge est une cellule de 7,5 micromètres de diamètre et de 2 micromètres d'épaisseur, qui contient de l'hémoglobine donnant la couleur rouge au sang. Il est invisible à l'œil nu.

Dans une goutte de sang, on trouve environ 5 millions de globules rouges, pour plus de 25 milliards dans le corps.

Les globules rouges vivent en moyenne 120 jours. La moelle osseuse en produit 180 millions par minute. Ils passent dans les poumons pour se charger d'oxygène qu'ils transportent aux différents organes. Dans les capillaires, ils avancent à la file indienne puisque l'espace est très étroit.

Quand le globule est trop usé, la rate, un organe du corps humain, s'occupe de sa destruction.

On peut entendre notre sang CIRCULER

L'acouphène pulsatile est un phénomène particulier. Les gens qui en souffrent entendent une pulsation dans leurs oreilles qui se produit au même rythme que leurs battements cardiaques. Ils ont l'impression d'entendre leur sang circuler !

Pour certains, cette sensation se produit uniquement lors d'un afflux plus important de sang dans le corps. Cela peut survenir en faisant une activité physique ou lorsque leur niveau de stress devient trop élevé. Pour d'autres, cette sensation ne cesse jamais.

Certaines personnes en état de méditation profonde parviennent à prendre conscience de leurs battements cardiaques et à les entendre.

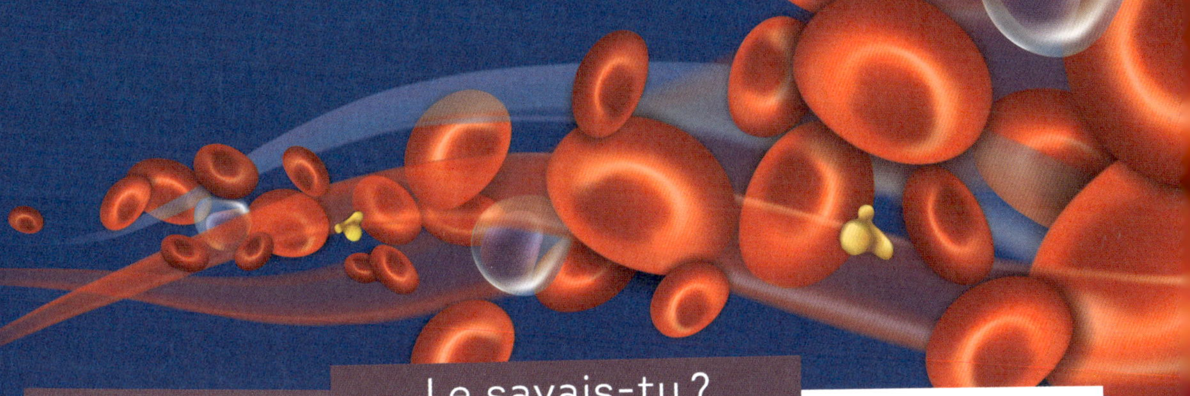

Le savais-tu ?

Dans un environnement où les bruits sont presque inexistants, l'être humain ne peut demeurer sain d'esprit très longtemps. C'est le cas dans la chambre sourde des laboratoires Orfield, où 99,9 % des sons sont absorbés. Après quelques minutes, le son du sang qui circule dans notre corps et de l'air qui entre dans nos poumons provoque des hallucinations. Personne n'a réussi à y séjourner plus de 45 minutes.

Le sang ne coule pas À L'INFINI

La quantité de sang dans le corps humain est d'environ 5 à 6 litres. Lorsqu'on se blesse, le sang ne coule pas sans arrêt, car il coagule, c'est-à-dire qu'il se solidifie en effectuant plusieurs réactions chimiques successives.

Lorsqu'il y a blessure, les plaquettes, un des constituants du sang, activent une protéine qui forme un filet solide qui scelle la blessure. Donc, en théorie, une blessure finira par se refermer d'elle-même en arrêtant de saigner. Si la blessure est trop importante, on doit aider le corps à se réparer avec des pansements. Si la quantité de sang perdue est trop grande, il faut procéder à une transfusion.

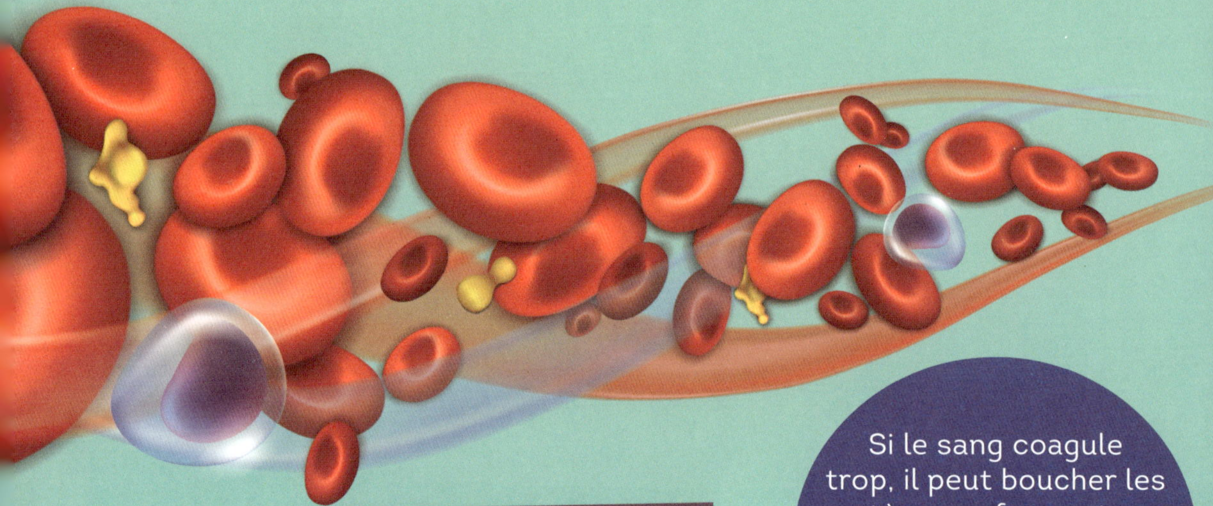

Si le sang coagule trop, il peut boucher les artères en formant un caillot. S'il ne coagule pas assez, une blessure mineure peut devenir très dangereuse.

Le savais-tu ?

L'hémophilie est une maladie grave dont la conséquence est une absence de coagulation du sang. Cette maladie est génétique et chaque blessure peut devenir mortelle, car le sang peut couler sans s'arrêter.

La spécialisation des GLOBULES BLANCS

Les globules blancs sont l'un des constituants du sang. Ces cellules, aussi appelées « leucocytes », sont les petits soldats qui défendent notre corps contre les infections.

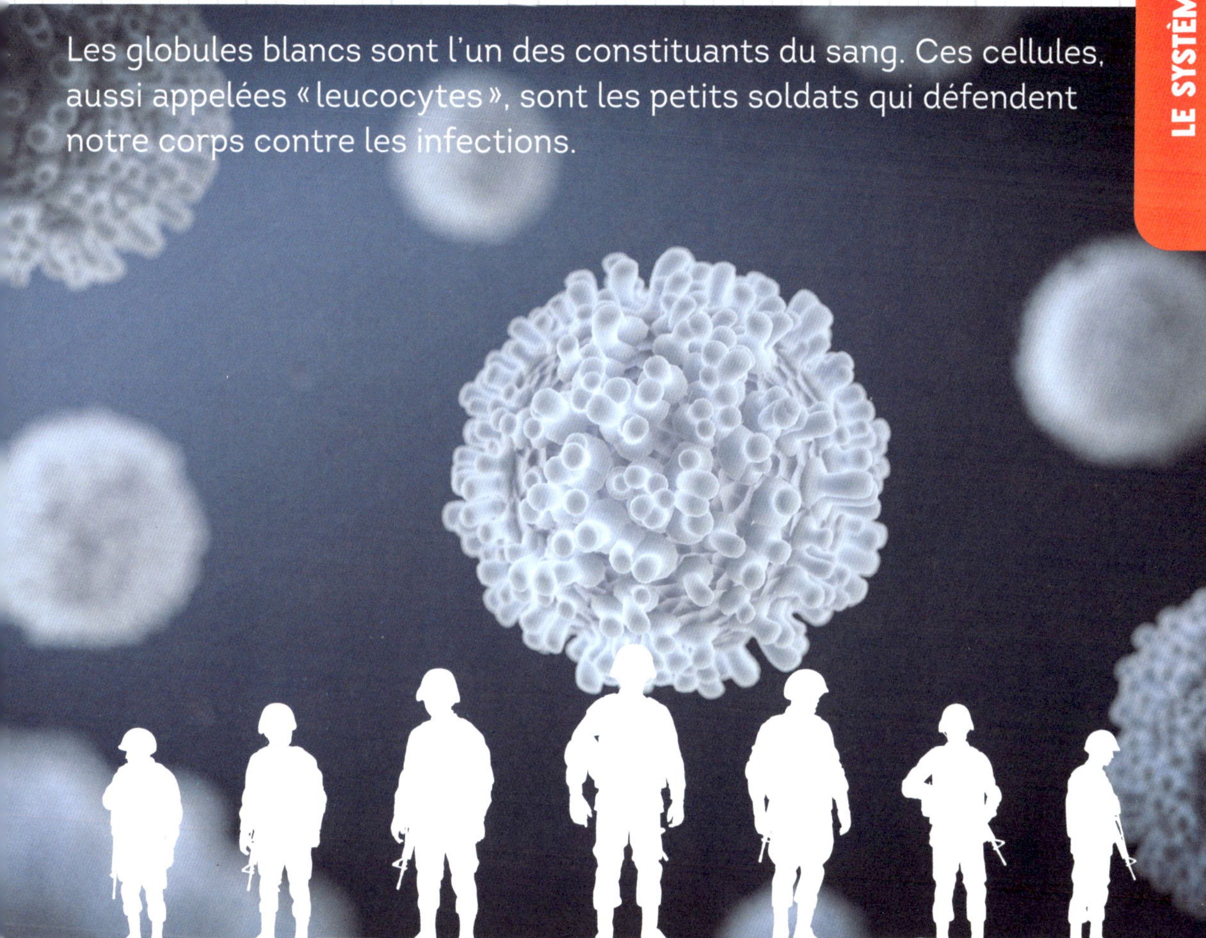

Comme les soldats dans une armée, les globules blancs ont des spécialités selon le type d'infection qu'ils doivent combattre.

Les premiers sont les phagocytes qui entourent, mangent et digèrent les envahisseurs. Ils peuvent reconnaître les cellules cancéreuses ou des cellules infectées par certains virus et les éliminer massivement.

Les basophiles et les éosinophiles se rendent sur les lieux d'agression et libèrent des substances qui peuvent détruire les envahisseurs.

Les soldats d'élite sont les lymphocytes. Ils développent une réponse sur mesure aux virus et aux bactéries qui attaquent le système immunitaire.

Le SYSTÈME IMMUNITAIRE peut apprendre

Lorsqu'un lymphocyte rencontre un agresseur pour la première fois, il libère des anticorps et observe lequel a été efficace. Cela peut demander un certain temps, ce qui explique pourquoi on a le temps d'être souvent malade avant d'aller mieux par la suite.

Les globules blancs gardent en souvenir la meilleure défense et partagent cette information pour que le corps réagisse plus rapidement si la même agression se reproduit à un autre moment.

Si on fait entrer dans le corps un virus mort, les lymphocytes vont apprendre à produire les bons anticorps pour l'éliminer. Si ce virus vivant attaque ensuite, le corps saura se défendre.

C'est le principe de plusieurs vaccins qui facilitent la vie d'aujourd'hui !

Les globules blancs se trompent parfois DE CIBLE !

Si ton corps détecte un envahisseur étranger, ton système immunitaire réagit en envoyant des globules blancs l'attaquer avec des anticorps.

Cependant, parfois l'envahisseur détecté ne provient pas d'un agresseur, mais il appartient en fait à ton propre corps. Le lymphocyte se trompe et attaque, pour une raison mystérieuse, une substance présente dans le corps en temps normal.

C'est ce qu'on appelle une « maladie auto-immune » : le corps réagit en s'attaquant lui-même. La cause de la plupart des maladies auto-immunes demeure inconnue.

Par exemple, un envahisseur sur une bactérie dangereuse peut ressembler à un agresseur de certaines cellules normales. La réponse immunitaire ciblera les deux envahisseurs que le corps a reconnus comme étrangers.

Défense exagérée : LES ALLERGIES

Soudain, ton nez pique, tes yeux coulent, ta gorge se serre, tu as des démangeaisons sur la peau. C'est une réaction allergique : ton système immunitaire a détecté une substance inconnue et a décidé qu'elle méritait une réponse forte en l'attaquant. Les globules blancs produisent alors un anticorps spécifique pour te défendre, le IgE, qui attaque la substance inconnue.

C'est le même phénomène pour toutes les allergies, qu'elles soient alimentaires (arachides, fruits de mer, fruits et légumes), respiratoires (pollen, poils d'animaux, acariens) ou cutanées (sur la peau, comme le latex ou les piqûres d'insectes).

La meilleure solution pour combattre les allergies est encore aujourd'hui d'éviter ce qui les cause, ou de procéder à une technique supervisée de désensibilisation.

Le savais-tu ?

Le choc anaphylactique, la forme la plus grave d'allergie, se produit quand la réaction allergique est trop intense. Pour rétablir le tout, il faut injecter un stimulant : de l'adrénaline, afin d'éviter le décès de la personne qui subit un tel choc.

On utilise plus que 10 % DU CERVEAU

Un mythe suggère qu'on utilise uniquement 10 % du cerveau, mais c'est faux ! Ce superordinateur organique, qui demande 20 % de ton énergie quotidienne, est presque totalement utilisé.

Le cerveau est divisé en deux hémisphères (droit et gauche) qui gèrent les différentes fonctions du corps.

Il est possible de tracer aussi des zones avec des lignes imaginaires dans le cerveau pour le séparer en aires des sections associées aux fonctions. Par exemple, le lobe frontal est associé au mouvement et le lobe pariétal sert au langage et à la perception spatiale.

Souvent, les différentes fonctions ne peuvent s'exécuter en même temps. On utilise peut-être 10 % de notre cerveau à la fois, mais on le sollicite à 100 % au bout du compte !

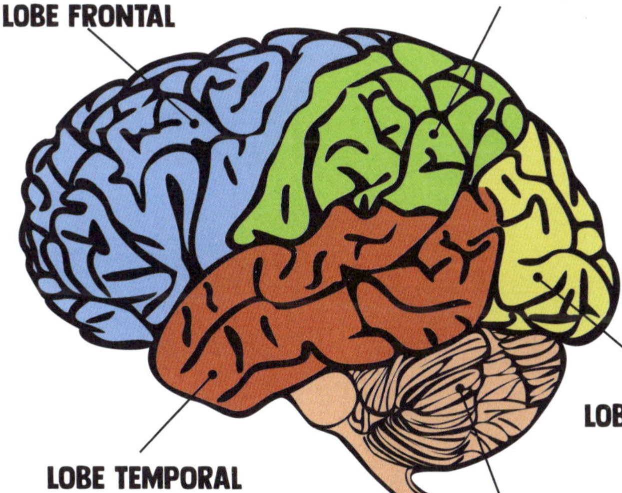

Le phénomène du GEL DU CERVEAU

La chaleur intense t'incite à consommer des boissons très froides, mais parfois, tu peux être craintif de te « geler » le cerveau. Il n'y a aucun danger, c'est simplement une sensation désagréable et temporaire, car le cerveau ne gèle pas.

Dans le fond du palais se trouve un ganglion sensible au froid ; un regroupement de nerfs. La nourriture froide amène vivement une contraction autour du ganglion. Le corps y envoie du sang pour le réchauffer. Cette réaction vive vient aussi de la connexion directe au nerf trijumeau, connecté au cerveau tout près.

Le savais-tu ?

Le gel du cerveau peut se contrer en consommant les aliments froids plus lentement, ce qui n'agresse pas le ganglion qui provoque cette réaction. Cependant, le truc à retenir, si une telle mésaventure se produit, est d'appuyer ta langue sur ton palais, ce qui va le réchauffer et stopper toute cette réaction en chaîne.

Le cerveau produit assez d'énergie pour allumer une AMPOULE ÉLECTRIQUE

Chez l'adulte, le cerveau utilise 20 % des ressources énergétiques consommées.

Chez les poupons, pendant le développement, c'est jusqu'à 60 % de l'énergie qui est utilisée pour le fonctionnement du cerveau.

Le cerveau produit des courants électriques qui activent les neurones, les cellules spécialisées du système nerveux, grâce à une réaction chimique appelée « pompe sodium-potassium ». Cette réaction permet l'entrée, en alternance, de sodium ou de potassium pour nourrir le neurone et produire du courant.

Cette quantité de courant pourrait, théoriquement, permettre d'allumer une ampoule.

Ton cerveau **FABRIQUE** des **NEURONES** toute ta vie !

On a longtemps cru que les bébés naissaient avec tous leurs neurones. Impossible, donc, d'en développer de nouveaux en cours de vie.

C'est faux ! Des chercheurs ont prouvé que de nouveaux neurones étaient produits dans le cerveau de personnes très âgées. Cependant, la quantité produite semble diminuer avec l'âge. En effet, les nouvelles cellules sont difficiles à détecter dans les cerveaux adultes, mais elles sont bien présentes !

Cette neurogenèse se produit dans l'hippocampe, cette petite partie du cerveau dont la forme rappelle celle d'un cheval de mer.

Sentir les **COULEURS** ou entendre les **SAVEURS**

Notre cerveau reçoit l'information de nos sens et l'interprète. Parfois, un stimulus, un signal qui est capté par nos récepteurs sensoriels, provoque une réaction dans deux endroits différents du cerveau. Par exemple, lorsqu'une personne entend une note de musique, il arrive que deux zones s'activent dans son cerveau. Celle qui reconnaît la note, mais aussi celle qui perçoit les couleurs associées à l'activité vécue.

Le fait de percevoir plus d'une réaction se nomme « synesthésie ».

Ton cerveau ne ressent pas **LA DOULEUR**

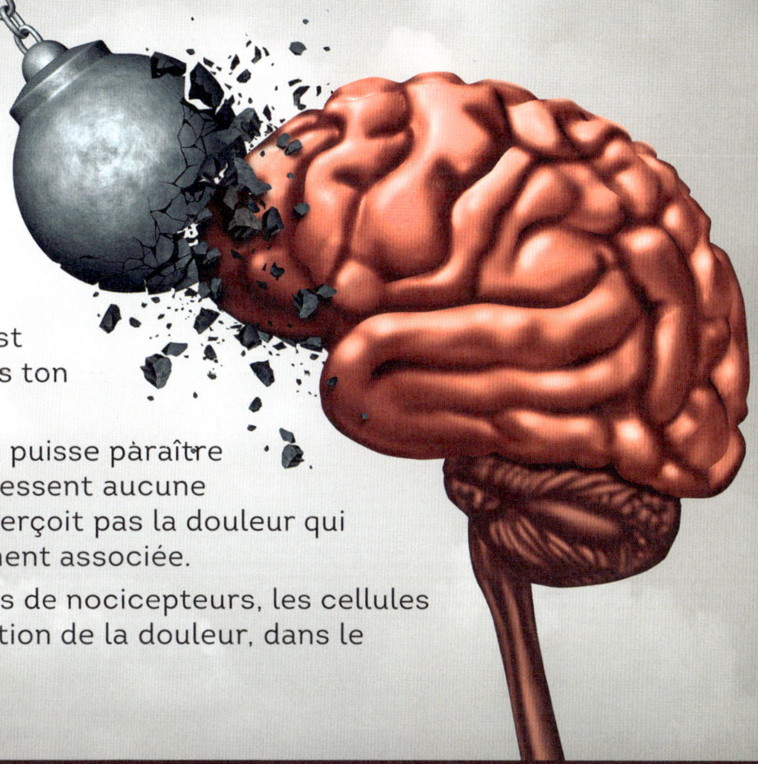

Avec l'aide du système nerveux, ton cerveau est en partie responsable de la gestion de la douleur que tu peux ressentir partout dans ton organisme. Quand tu te blesses, un message est envoyé, par les nerfs, vers ton cerveau.

Cependant, bien que cela puisse paraître insensé, ton cerveau ne ressent aucune douleur. Du moins, il ne perçoit pas la douleur qui pourrait lui être directement associée.

En fait, c'est qu'il n'y a pas de nocicepteurs, les cellules responsables de la détection de la douleur, dans le cerveau.

Le savais-tu ?

L'absence de nocicepteurs dans le cerveau permet de faire des opérations «à crâne ouvert» avec des patients éveillés, sous anesthésie locale seulement. Ainsi, le neurochirurgien peut procéder à l'opération (par exemple, l'ablation d'une tumeur) sans atteindre les zones importantes du cerveau.

L'IMPRESSION de tomber au moment de s'endormir

Environ 70 % de la population mondiale se réveille en sursaut avec l'impression de tomber pendant la phase d'endormissement. Ce phénomène n'est pas tout à fait bien compris, mais il est régulièrement vécu par énormément de gens.

Voici une hypothèse qui pourrait expliquer cela. Parfois, le corps se détend avant le cerveau après que le corps soit détendu. La relaxation musculaire ressentie ressemble à une perte d'équilibre. Le cerveau, croyant à une chute, mobilise les muscles pour contrer la descente vers le sol.

Le savais-tu ?

Il existe un phénomène qui s'appelle la «narcolepsie», qui consiste à s'endormir involontairement, de manière spontanée. Une crise de narcolepsie peut donc survenir n'importe quand : au volant, en classe, en cuisinant… et peut être très dangereuse !

Le mal des TRANSPORTS

Même si le cerveau est un organe incroyablement puissant, il est aussi facile à confondre !

Certaines personnes sont incapables de voyager sur de longues distances, car elles souffrent du mal des transports. Elles ont mal à la tête, ressentent l'envie de vomir et ne se sentent vraiment pas bien. Elles transpirent et pâlissent, souffrent d'hyperventilation et peuvent même s'évanouir.

La cinétose touche environ 1 personne sur 20 en voiture et 1 personne sur 3 en bateau !

Ce malaise provient d'une confusion du cerveau, qui reçoit des informations contradictoires. D'un côté, le sens de l'équilibre indique qu'on se déplace. De l'autre, les capteurs des muscles indiquent que le corps n'est pas en mouvement. Les yeux peuvent aussi donner cette impression.

RONFLER, ça peut devenir dangereux !

Un ronflement est un son émis par un dormeur à la respiration bruyante. C'est simplement que les tissus mous de la gorge vibrent pendant le sommeil. Souvent, il suffit de changer de position et le ronflement s'interrompt.

Cependant, il existe un ronflement plus inquiétant : l'apnée du sommeil. C'est un arrêt complet de la respiration. Le dormeur se réveille souvent, fait de l'insomnie, ne dort pas bien. L'apnée du sommeil a aussi des conséquences dans la journée, car les nuits sont moins reposantes : maux de tête, somnolence, baisse de concentration, irritabilité...

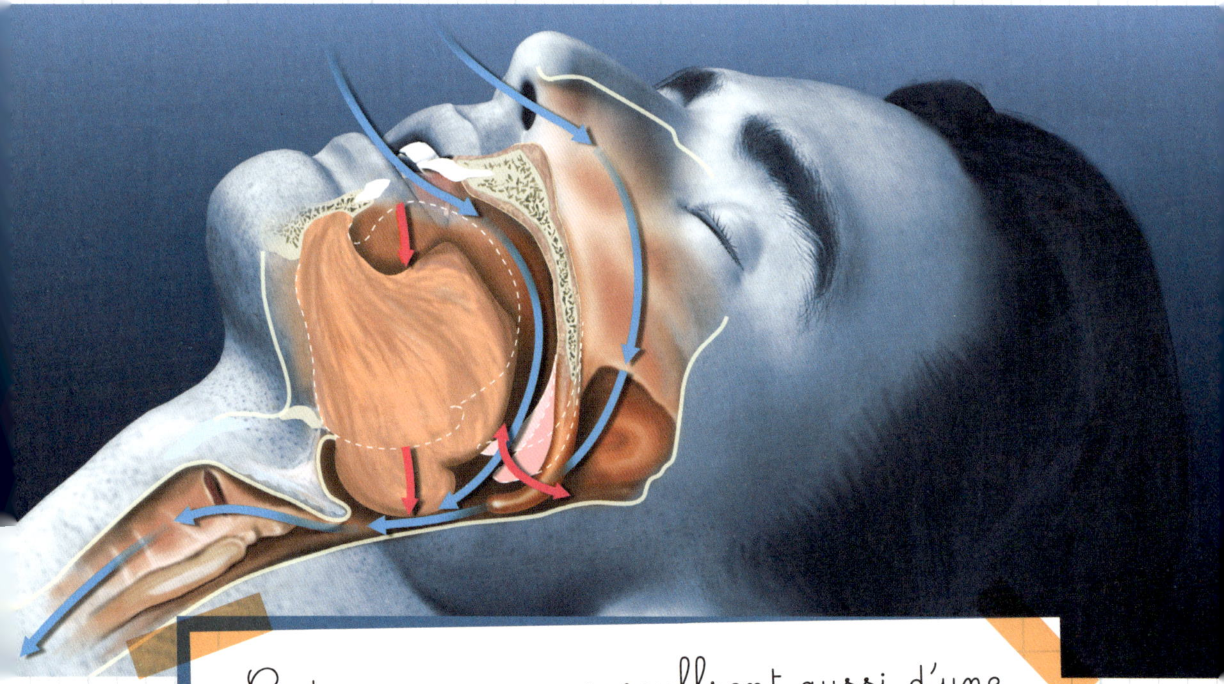

Certaines personnes souffrent aussi d'une diminution importante du taux d'oxygène dans le sang. L'apnée sévère peut même amener des problèmes cardio-vasculaires.

RONFLER et RÊVER en même temps est difficile

Les rêves surgissent surtout pendant le sommeil paradoxal, une phase du sommeil qui s'accompagne d'un relâchement musculaire presque total.

Avant que les rêves commencent, la relaxation musculaire est profonde. Les tissus de la gorge sont plus mous, ce qui leur permet de vibrer : c'est le ronflement.

Si cette situation produit une apnée, le dormeur se réveille et ne plonge pas dans la phase de rêve. Même si le dormeur ne s'éveille pas, son sommeil est perturbé. À ce moment, atteindre le sommeil profond propice aux rêves est difficile.

Cependant, il est possible de ronfler et de rêver en même temps.

En effet, il y a aussi des rêves dans d'autres phases du sommeil !

On peut parler et marcher **EN DORMANT**

La somniloquie désigne le fait de parler en dormant. Certaines personnes émettent des sons, tandis que d'autres disent des mots ou même des phrases complètes ! Ce phénomène se déroule dans n'importe quelle phase de sommeil.

Le somnambulisme désigne le fait de se déplacer tout en étant endormi, sans s'en rendre compte. Le dormeur ne rêve pas, car son cerveau se place dans un état près de la veille, malgré le sommeil profond. Plusieurs facteurs causent le somnambulisme, qui n'est pas dangereux, sauf si le dormeur s'approche d'un danger !

Le savais-tu ?

La somniloquie et le somnambulisme sont tous les deux des parasomnies, c'est-à-dire des comportements inhabituels qui surgissent pendant le sommeil.

Nous sommes **PLUS GRANDS** le matin que le soir

Pour grandir, les enfants et les adolescents sécrètent des hormones qui favorisent la croissance. Elles sont surtout activées la nuit, c'est pourquoi plusieurs scientifiques s'entendent pour dire que la croissance se fait principalement pendant le sommeil.

Cependant, tout le monde, même les adultes, est plus grand le matin que le soir. C'est la gravité, cette force qui nous attire vers le sol, qui est responsable de cette étrange modification corporelle !

Lorsque nous sommes en position couchée, nos cartilages peuvent donc se détendre. On peut remarquer jusqu'à 8 mm de différence le matin par rapport au soir précédent.

Le savais-tu ?

Les astronautes vivent aussi ce phénomène ! En effet, comme ils sont moins soumis à la gravité terrestre, ils sont environ 4 cm plus grands dans l'espace que sur Terre.

Plus on vieillit, MOINS ON A BESOIN de sommeil

Se priver de sommeil peut avoir des conséquences fâcheuses. Le corps et le cerveau ont besoin de repos pour effectuer des processus essentiels à la santé. Dormir favorise la concentration, l'apprentissage et la bonne humeur.

MAIS COMBIEN D'HEURES DEVRAIT-ON DORMIR ?

Les nourrissons sont en plein développement : ils dorment souvent les deux tiers de la journée, soit environ 16 heures.

Chez **les élèves du primaire**, on estime que la quantité de sommeil moyen nécessaire est d'environ 10 à 12 heures.

Chez **les élèves du secondaire**, c'est environ 9 ou 10 heures, puis 8 heures pour les adultes, donc le tiers de la journée.

Les **personnes de plus de 65 ans** dorment généralement 7 heures par jour.

LA PEAU est le plus grand organe du corps humain

La peau est l'organe du toucher et elle recouvre presque tout le corps humain pour le protéger. Elle est composée de plusieurs couches.

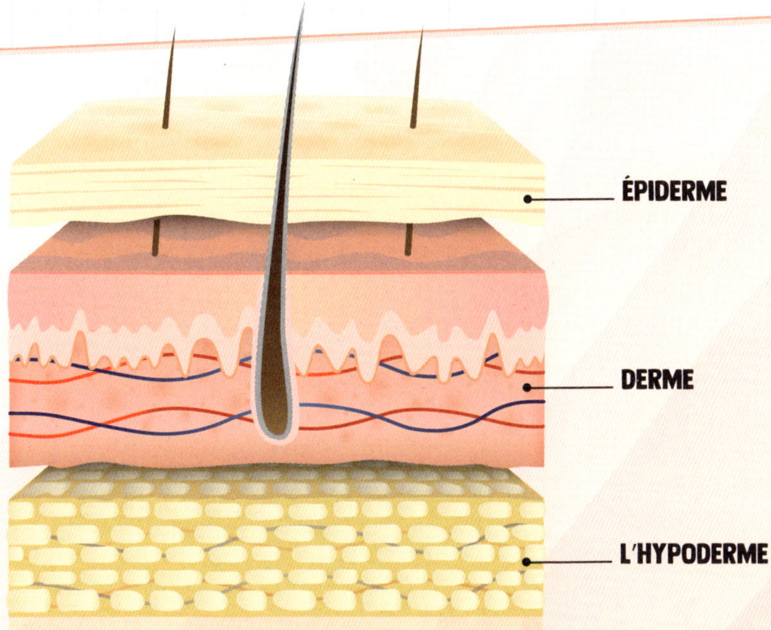

L'épiderme : la couche que l'on voit.

Le derme : c'est la couche moyenne, où se trouvent les racines des poils et les glandes produisant la sueur.

L'hypoderme : c'est la couche près des muscles, qui contient les cellules qui accumulent les graisses.

La peau, si elle était dépliée, couvrirait une superficie de 1,5 à 2 m^2. C'est l'équivalent d'une table pour 8 personnes !

Elle est aussi l'organe le plus lourd, pesant environ 7 % du poids d'un adulte. En comparaison, le foie représente 2 %, et le cerveau, 1,5 % environ.

On perd de la peau SANS ARRÊT

La couche supérieure de l'épiderme s'appelle la « couche cornée ». Elle subit de la « desquamation » : c'est la perte de petits bouts de peau qui se détachent, les « squames ».

De nouvelles cellules remplacent celles qui tombent. On estime que le renouvellement complet de la couche prend entre 45 et 60 jours. Le phénomène est invisible, sauf en cas de blessure à l'épiderme, comme un coup de soleil qui pèle.

Les cellules de la couche cornée qui tombent sont nombreuses : 600 000 par heure ! Toutefois, cela représente seulement une masse totale de 700 g par année.

D'ailleurs, depuis que tu as commencé à lire ce fait, tu as probablement perdu entre 10 000 et 20 000 cellules d'épiderme.

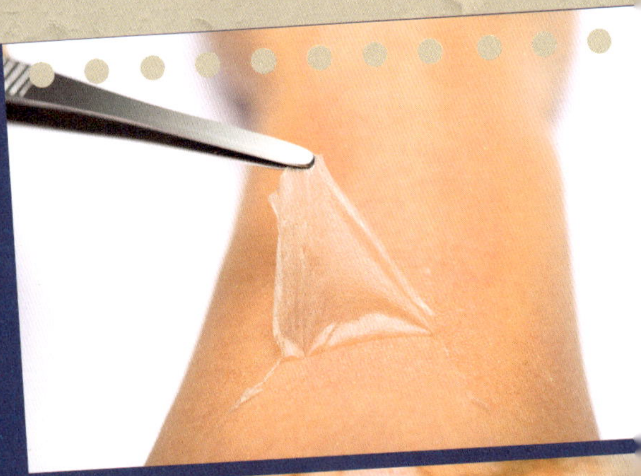

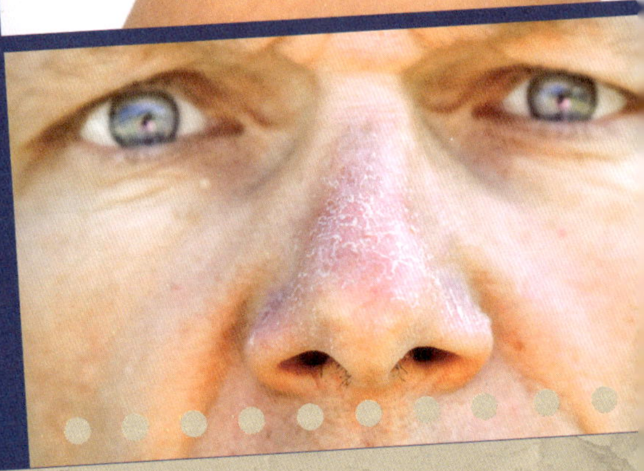

Le savais-tu ?

Certaines personnes ont, dans les cheveux, de petites particules blanches appelées « pellicules ». Ce sont des morceaux de peau qui se détachent du cuir chevelu par desquamation.

La peau visible
EST MORTE

La couche cornée de l'épiderme est imperméable et empêche les bactéries d'entrer dans le corps.

Sous la couche cornée se trouvent des cellules « kératinocytes » qui produisent de la kératine, une substance qui donne à la peau une plus grande résistance et une élasticité améliorée.

En dessous, on retrouve la couche basale, où des cellules se divisent sans arrêt. Elles poussent sur celles des couches supérieures, ce qui fait monter les kératinocytes vers la couche cornée, où les cellules tombent, par desquamation.

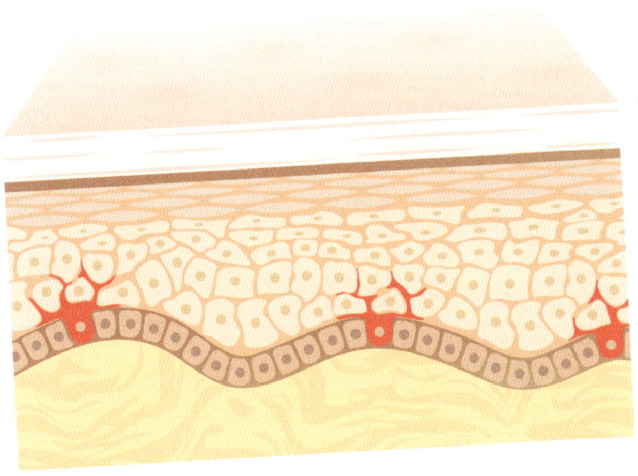

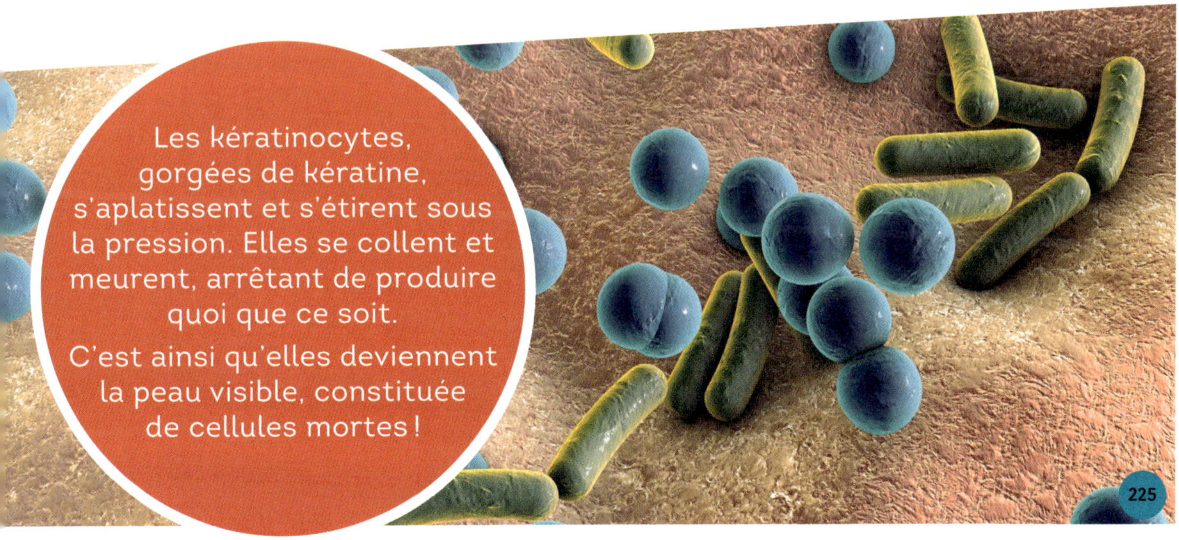

Les kératinocytes, gorgées de kératine, s'aplatissent et s'étirent sous la pression. Elles se collent et meurent, arrêtant de produire quoi que ce soit.

C'est ainsi qu'elles deviennent la peau visible, constituée de cellules mortes !

UN TATOUAGE, c'est sous la peau

Un tatouage est un dessin, à l'encre, réalisé avec des aiguilles qui percent l'épiderme pour se rendre au derme. L'encre se trouve donc sous la première couche de peau !

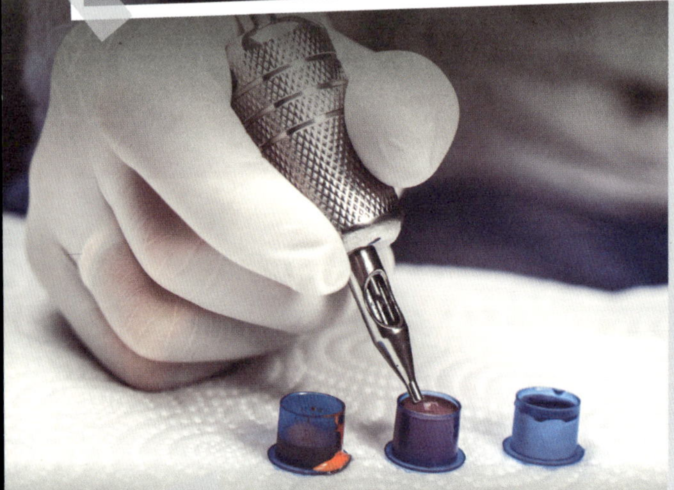

Même si on perd des cellules de peau tous les jours, le tatouage reste visible, car quand l'aiguille pénètre la peau, des globules blancs apparaissent pour combattre l'envahisseur : l'encre. Les macrophages avalent les particules d'encre, mais sont incapables de la détruire. Elles restent prisonnières du derme.

Les cellules du derme, comme celles de l'épiderme, se renouvellent. Les nouvelles cellules vont absorber les macrophages morts et l'encre qu'ils contiennent. Ainsi, le tatouage demeure visible, mais la quantité d'encre diminue et le tatouage perdra de son éclat.

Cohabiter avec des **ACARIENS** sur la peau !

Les acariens sont des arachnides microscopiques. Autrement dit, de minuscules cousins des araignées qui vivent dans nos maisons. Ils se cachent partout et se nourrissent de notre peau morte.

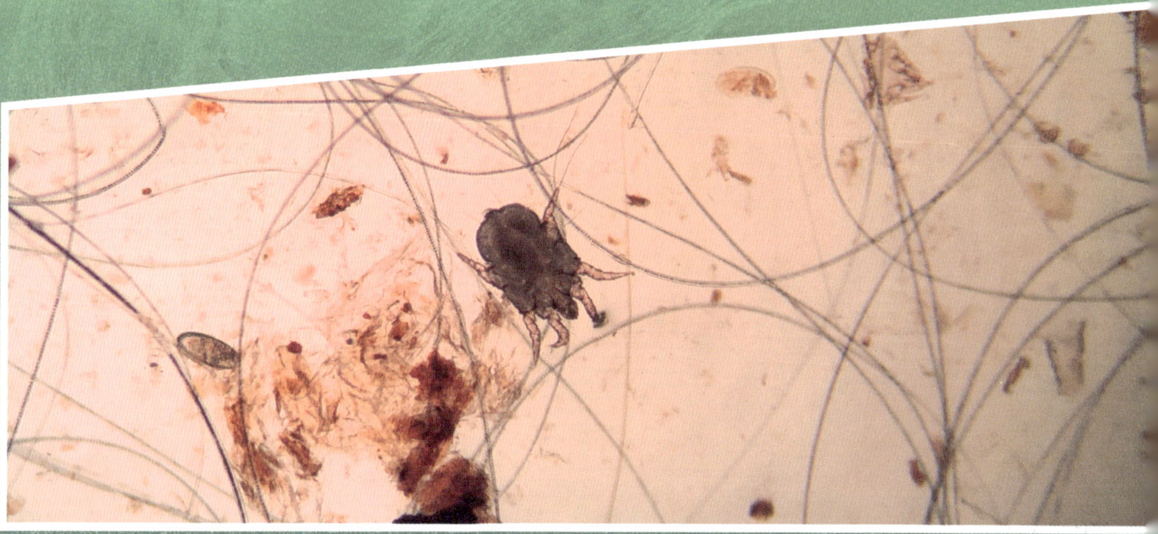

Mieux encore : certains acariens vivent sur et dans ta peau. Pas besoin de te précipiter dans le bain pour te laver, car c'est normal !

Ils sont des milliers, peut-être des millions, à t'habiter. *Demodex brevis* vit dans les glandes sébacées qui produisent le sébum, l'huile qui protège ta peau.

Pour sa part, *Demodex follicurolum* vit dans les cellules qui produisent les poils.

On croit qu'ils sont plus nombreux chez certaines personnes présentant des maladies de peau. Sinon, ils ne sont pas bien dangereux !

La CHAIR DE POULE

Les petites bosses sur la peau quand il fait froid s'appellent la « chair de poule », car la peau ressemble à celle des poulets qu'on déplume.

Quand les cellules thermoréceptrices sur ta peau détectent le froid, elles envoient un signal à ton cerveau qui tente de maintenir la température de ton corps. Il donne alors l'ordre aux muscles horripilateurs d'élever tes poils, ce qui crée de petites bosses sur ta peau. Si on était aussi poilus que nos ancêtres, cela nous réchaufferait, car les poils longs dressés emprisonnent la chaleur.

Lors d'une émotion très forte, comme la peur ou la surprise, le même système est sollicité. Dans la nature, les animaux utilisent cette méthode pour hérisser les poils et paraître plus gros ou plus imposants face à leurs prédateurs.

ROUGIR sans honte !

Tout le monde rougit, mais chez certaines personnes, ce mécanisme est peu visible.

Quand une situation de stress se présente, de l'adrénaline est sécrétée et se répand dans le corps. Que ce soit l'attaque d'un ours ou le fait de parler en public, le phénomène est très semblable.

L'adrénaline est une hormone qui excite les vaisseaux sanguins, qui se dilatent et laissent passer plus de sang. Comme la peau est plus fraîche que la température du sang, une sensation de chaleur accompagne le tout.

La couleur rouge sera plus visible chez les gens à la peau plus pâle, car le sang envahit les capillaires qui irriguent la peau.

Pas besoin d'avoir honte si tu rougis ! Cela ne fera qu'amplifier ton stress, qui accentuera ton rougissement !

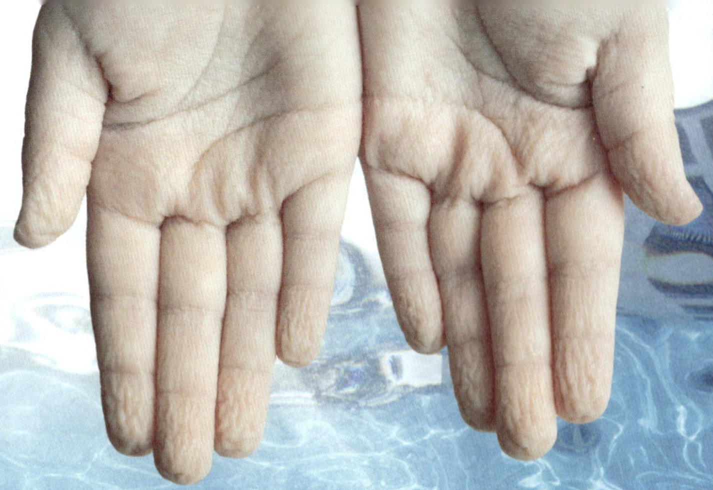

LES DOIGTS PLISSENT dans l'eau

Il y a des phénomènes du corps humain dont on ignore l'origine ou la fonction. Les doigts qui plissent dans l'eau en sont un exemple.

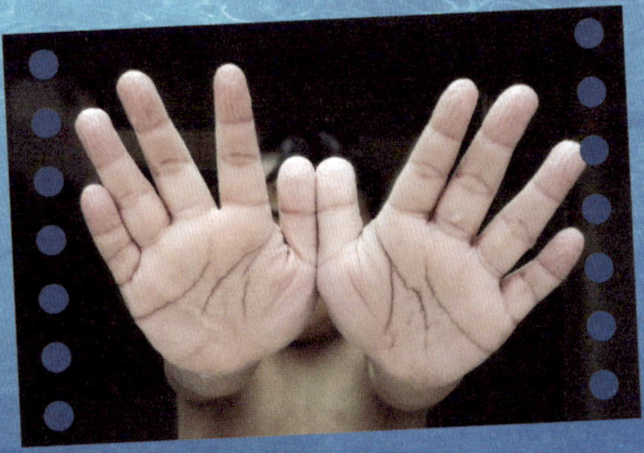

Le savais-tu ?

Les scientifiques croient que nos ancêtres qui possédaient cette particularité étaient de meilleurs pêcheurs à mains nues.

Après quelques minutes d'immersion, les capillaires sanguins des extrémités, doigts et orteils, se contractent. Ils prennent moins de place, mais la peau ne peut pas s'ajuster rapidement à ce changement, ce qui cause des creux.

Des tests ont été réalisés auprès de gens aux doigts plissés dans l'eau pour connaître l'avantage de ce phénomène. Résultat : les objets sont plus faciles à saisir avec les doigts plissés.

LE PLUS LONG organe se trouve dans le système digestif

La nourriture entre par ta bouche et les déchets solides ressortent principalement par ton anus.

Entre les deux, le trajet a une longueur surprenante ! Ton intestin grêle est responsable de cette longueur. Situé à la sortie de ton estomac, cet organe, où une grande partie des nutriments provenant de la nourriture est absorbée, est tout enroulé sur lui-même.

Si on le déroule, il peut atteindre une longueur variant entre 4 et 7 mètres. C'est ce qui en fait le plus long organe à l'intérieur de ton corps !

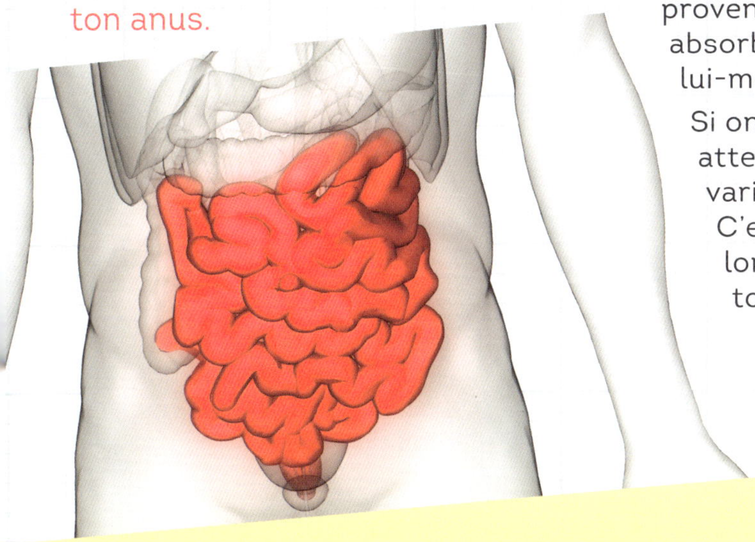

Une FLORE VIT dans tes intestins !

La « flore intestinale » ne se compose pas de fleurs ni d'arbres ! Mais bien de bactéries, de virus et de champignons qui aident à la digestion, à l'immunité, au système nerveux...

On l'appelle le « microbiote intestinal », et il est unique à chaque individu. En effet, chaque individu possède un assemblage personnel parmi les 160 espèces de bactéries qui existent dans le corps humain, sans oublier les virus et les champignons qui ne sont pas nocifs.

Au total, il y aurait environ 100 000 000 000 000 de bactéries dans tes intestins. C'est 2 à 10 fois plus que le nombre de cellules composant ton corps !

L'acide dans ton estomac peut faire fondre UN OS DE POULET

La nourriture est décomposée dans ton estomac par un acide très fort : l'acide chlorhydrique (HCl).

Cet acide gastrique est capable d'éliminer beaucoup de substances, comme des virus ou des bactéries, qui pourraient pénétrer avec la nourriture. Heureusement, des glandes produisent aussi un mucus qui protège la paroi interne de l'estomac de cet acide qui pourrait l'affecter.

Théoriquement, l'acide chlorhydrique de ton estomac serait assez concentré pour faire fondre des os. Cependant, il se pourrait aussi que l'os de poulet demeure coincé et cause des problèmes. Vaut mieux manger la chair que les os du poulet !

Le savais-tu ?

Un ulcère d'estomac est dû à un «trou» dans la protection de mucus dans l'estomac, ce qui permet à l'acide de s'attaquer à la paroi de cet organe. Le résultat est très douloureux et plus qu'inconfortable !

Prendre l'avion provoque des FLATULENCES

Une flatulence, aussi appelée un « gaz » ou un « pet », est une expulsion de gaz par l'anus. Pendant la digestion, les bactéries dans les intestins décomposent les nutriments provenant de l'alimentation, ce qui peut produire des gaz. Comme ils ne peuvent pas remonter vers l'estomac, ils ressortent bruyamment par l'anus.

Les gaz prennent de l'expansion quand la pression diminue.En altitude, la pression diminue : les gaz présents dans le système digestif prennent donc plus de place.

Ils sont ainsi expulsés plus rapidement et fréquemment.

Il arrive en fait que l'on pète plus en avion qu'au sol !

IMPOSSIBLE DE ROTER en apesanteur

Un rot, ou une « éructation » selon un terme plus scientifique, est l'expulsion, par la bouche, d'un gaz contenu dans l'estomac. Les causes en sont multiples ; parler en mangeant, boire une boisson gazeuse ou mâcher de la gomme, par exemple. Le bruit provient de la vibration de la membrane qui sépare l'œsophage et l'estomac. En apesanteur, il n'y a pas de sensation de haut et de bas. Sur Terre, la nourriture dans l'estomac est attirée vers le bas, tandis que l'air est poussé vers le haut.

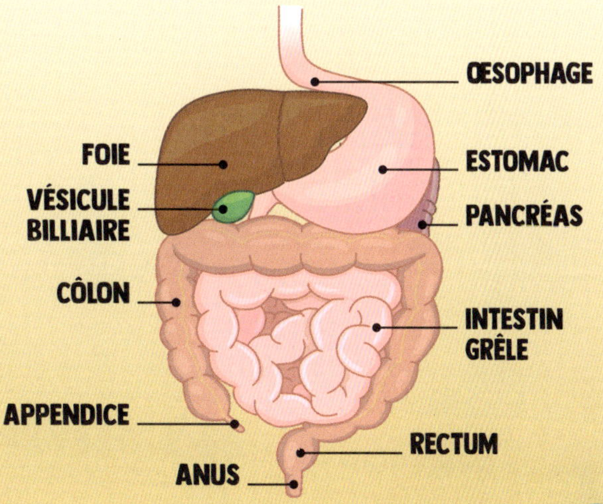

Le foie est le seul organe qui **PEUT SE RÉGÉNÉRER**

Le foie est un organe qui filtre le sang, en éliminant les toxines qui peuvent s'y trouver. Il extrait aussi des substances du tube digestif. Il intervient également dans l'extraction du sucre de l'alimentation et sa gestion dans le sang. Finalement, il gère la production et le stockage de graisses.

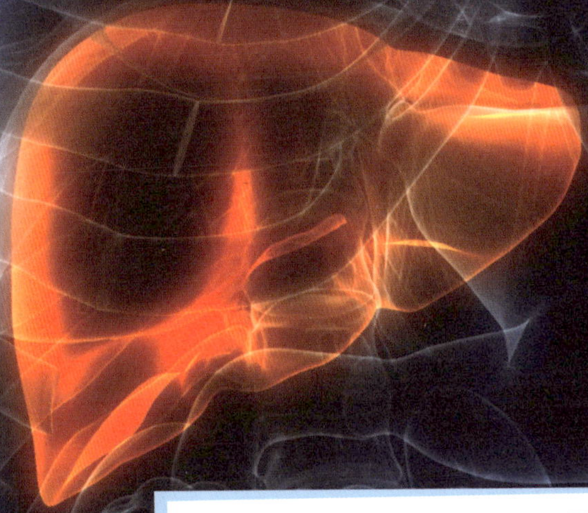

Ce n'est pas pour cela qu'il est particulier. Il s'agit du seul organe qui est capable de fonctionner même s'il en manque une grande partie. De plus, si une partie du foie est enlevée lors d'une intervention chirurgicale, elle se reformera lentement. Sa forme sera différente, mais l'organe retrouvera son volume.

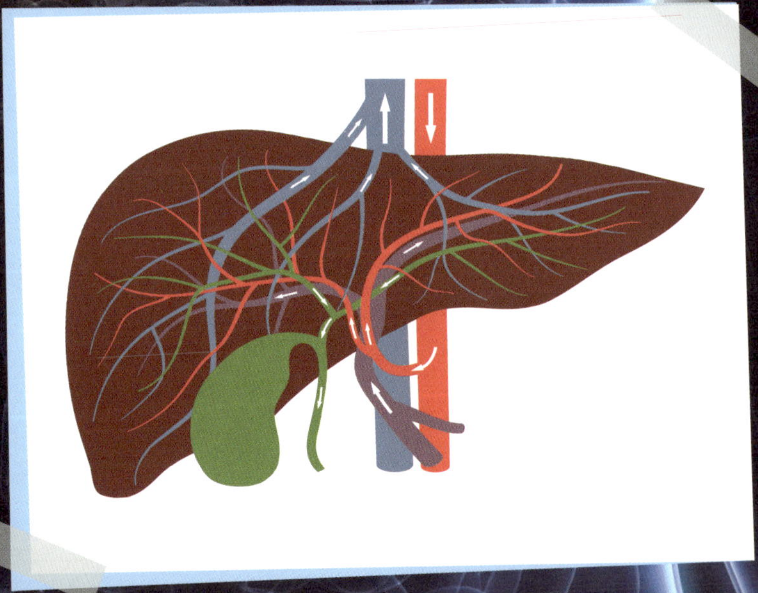

Ton alimentation

CHANGE TON URINE

L'urine est le liquide jaune contenu dans ta vessie que tu expulses lorsque tu vas aux toilettes.

Les reins filtrent le sang pour en enlever les déchets en utilisant l'eau présente dans la nourriture pour filtrer les toxines. À la sortie des reins, le liquide est plus ou moins concentré, selon l'eau qu'on ingère : la couleur et l'odeur de l'urine sont influencées par la déshydratation.

Aussi, certaines molécules, contenues dans des aliments comme les choux de Bruxelles, les asperges, l'ail, le café, sont retenues par les reins et envoyées dans l'urine. Leur présence en changera l'odeur de manière assez prononcée.

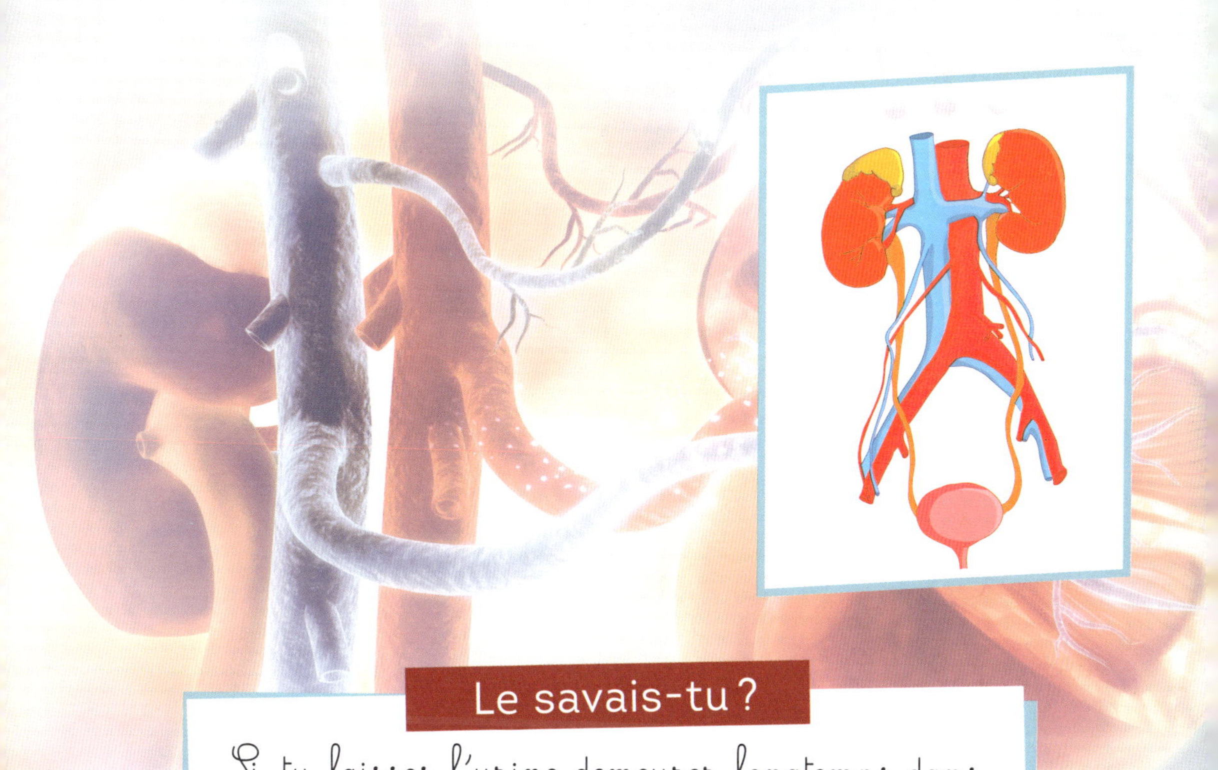

Le savais-tu ?

Si tu laisses l'urine demeurer longtemps dans la cuvette de la toilette, les bactéries viendront y faire un tour. Et rapidement, tu remarqueras que l'odeur sera beaucoup plus forte.

La RÈGLE DE 3

La croyance populaire dit qu'on peut survivre 3 semaines sans manger, 3 jours sans boire et 3 minutes sans respirer.

Ce n'est pas tout à fait vrai.

On peut survivre plus de 3 semaines sans manger si on s'hydrate : le corps a besoin d'eau, principalement. Le record mondial du plus long jeûne (période sans manger) est de plus de 1 an, sous supervision médicale !

Si on cesse de respirer, nos cellules sont rapidement privées d'oxygène. En quelques minutes, le cerveau peut donc subir des lésions. La capacité à retenir son souffle et à utiliser l'oxygène dans les poumons peut s'améliorer : le record du monde est quand même de 11 minutes !

3 **semaines** sans manger

3 **jours** sans boire

3 **minutes** sans respirer

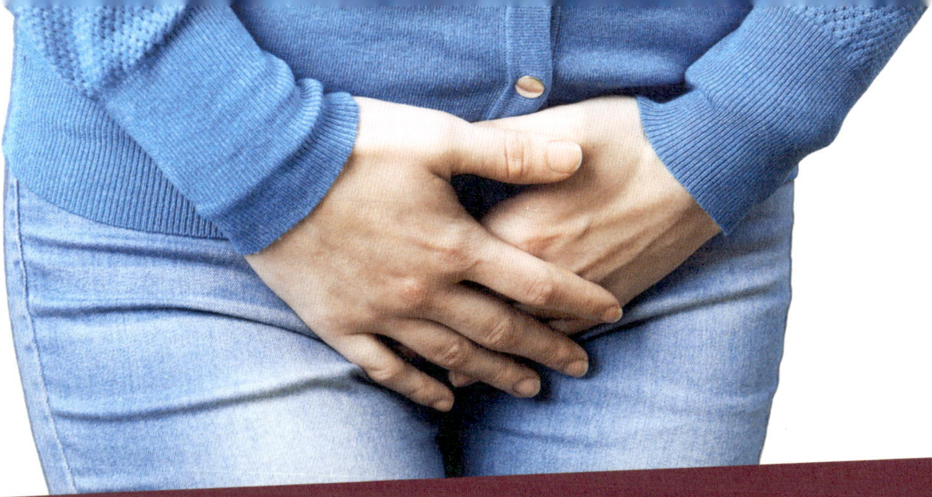

Retenir son urine peut ÊTRE DANGEREUX

La vessie est le nom de la poche qui contient et emmagasine l'urine avant qu'elle ne soit expulsée du corps. Quand elle est trop pleine, il faut la vider ! Y retenir l'urine trop longtemps risque de permettre aux bactéries du système digestif de s'y développer et provoquer des infections urinaires non souhaitées. Aussi, les muscles qui contrôlent la vessie peuvent rencontrer des difficultés à fonctionner par la suite.

Pire encore, parfois des minéraux présents dans l'urine se cristallisent. Cela provoque des calculs rénaux, ce que l'on appelle des « pierres aux reins ». Ces petits cristaux sont très douloureux lorsqu'ils sortent par l'urètre et peuvent causer beaucoup de dommages.

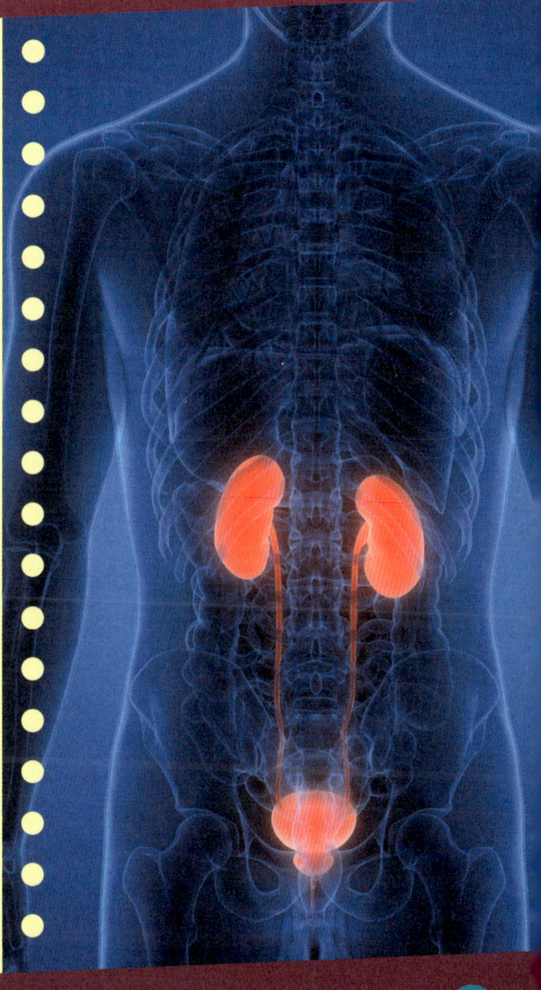

Les enfants ONT PLUS D'OS que les adultes

À la naissance, le corps humain compte 350 os. À l'âge adulte, c'est plutôt 206! Comment cela peut-il arriver? La réponse est simple : des os fusionnent pendant la croissance, et le nombre diminue avec l'avancée en âge.

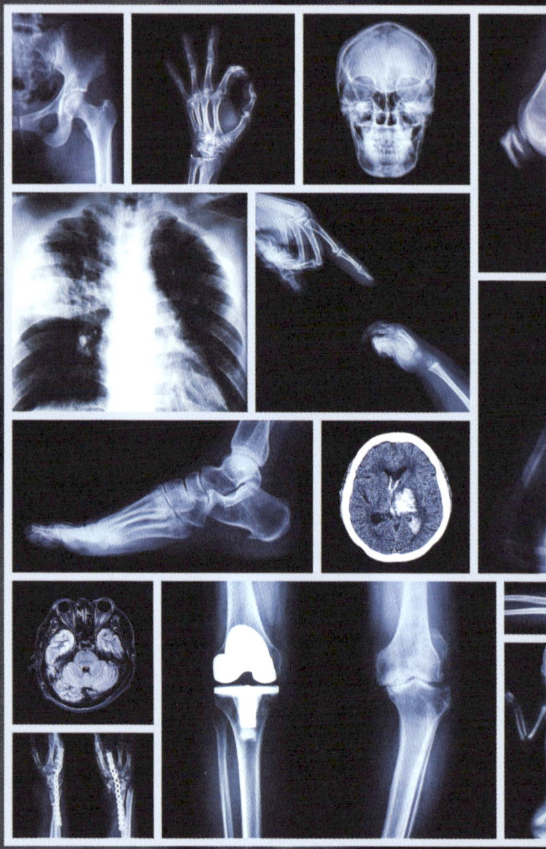

Les os sont à la base de la forme du corps. Ainsi, le squelette offre une protection aux organes. Chez les nourrissons, le crâne est mou : il est composé de 8 os différents, séparés par des espaces libres. Quand il grandit, ces os se rapprochent et finissent par fusionner pour former le crâne.

Une telle fusion osseuse se produit aussi dans d'autres parties du corps, comme le bassin, le coccyx et la colonne vertébrale. Voilà pourquoi le nombre d'os diminue lorsque tu grandis!

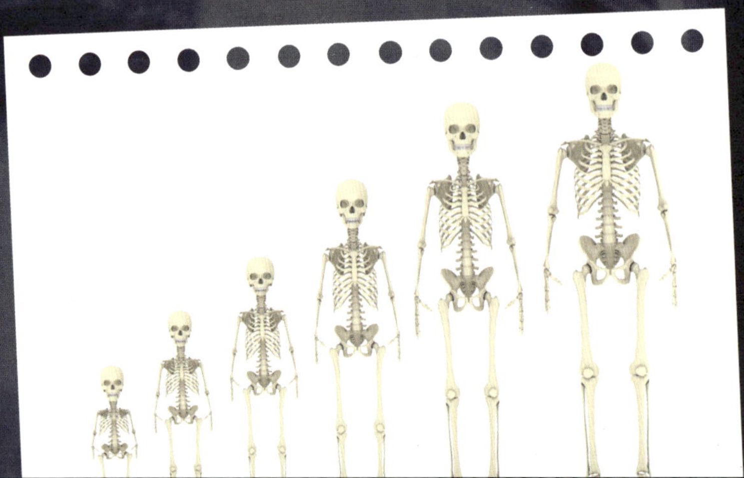

La moitié des os sont dans les **MAINS** et les **PIEDS**

À la base de la main se situent les 8 os du poignet, appelés les « carpiens ». Cinq métacarpes forment ensuite la paume. Puis, les doigts sont divisés en 14 phalanges. Chaque main est donc constituée de 27 os.

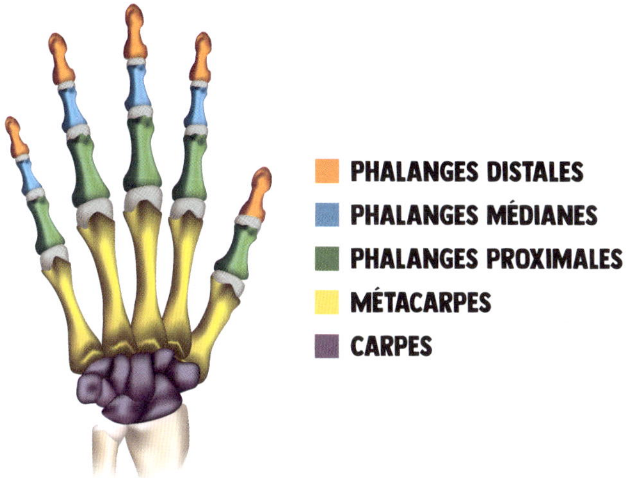

Pour les pieds, c'est le même principe. Le tarse (la cheville) compte 7 os, la plante du pied contient les 5 métatarses et les orteils ont 14 phalanges. Ce qui donne 26 os par pied.

En tout, ce sont là 106 os sur les 206 au total du corps.

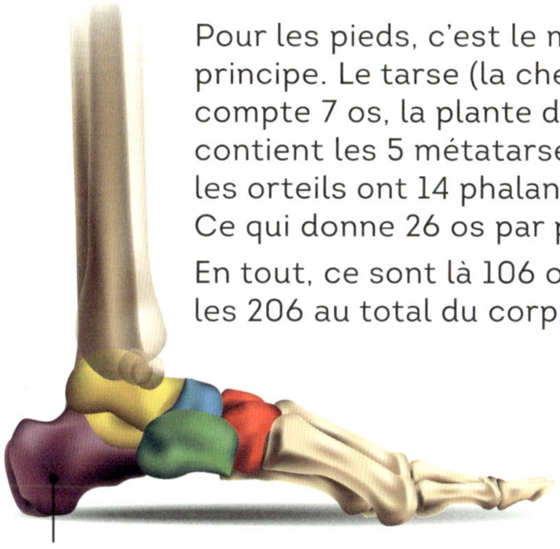

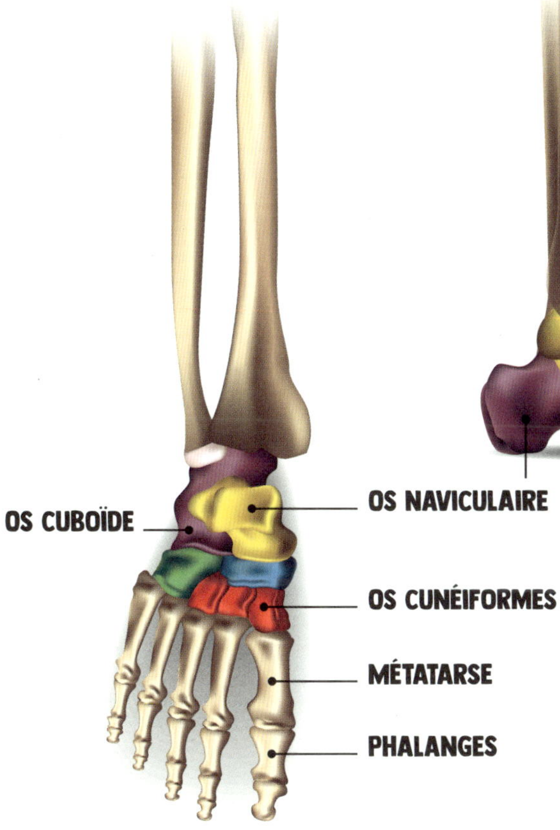

Plus de la moitié des os se trouvent dans nos extrémités !

Ton os le plus solide est **PLUS FORT** que le béton !

Connais-tu l'expression « avoir la tête dure » ? Pourtant, le crâne n'est pas l'os le plus solide de ton squelette. C'est plutôt le fémur, l'os de la cuisse, qui l'est en plus d'être aussi le plus long du corps humain.

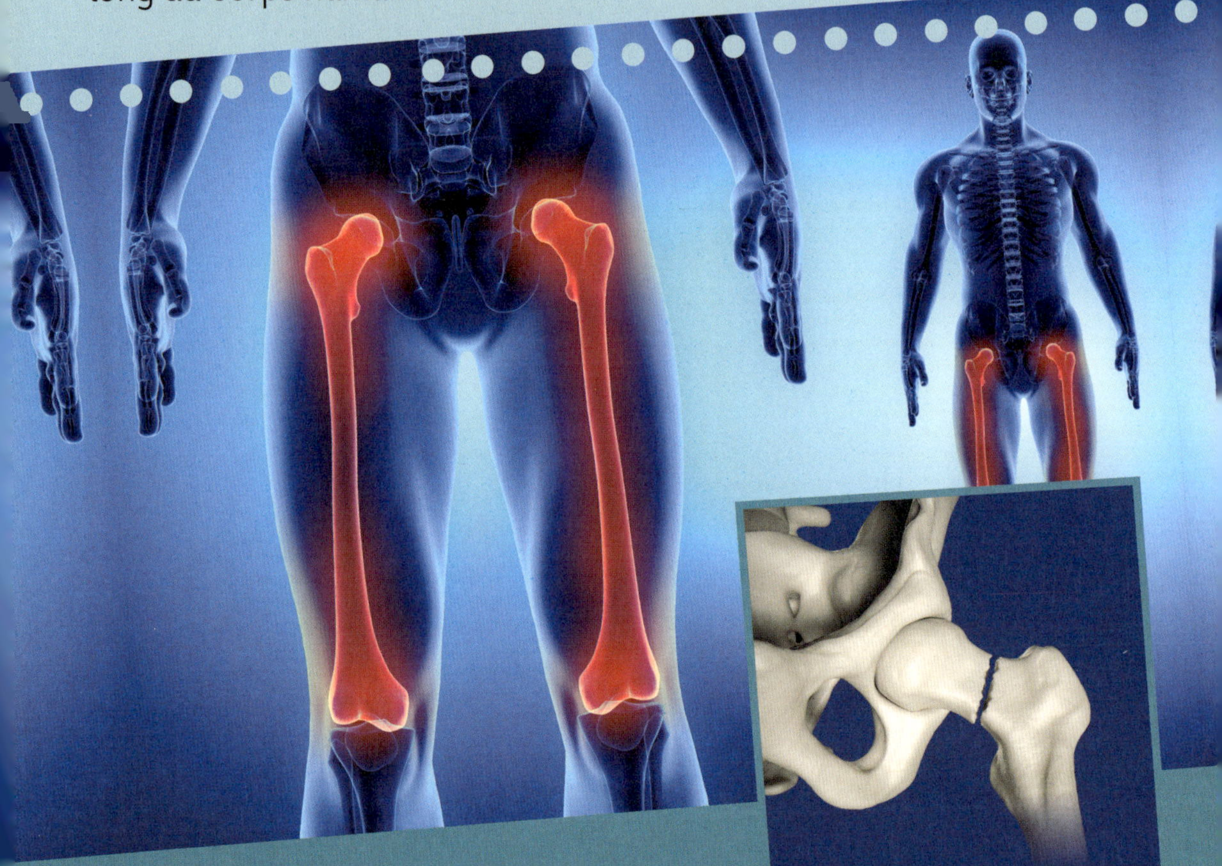

Il serait 40 fois plus résistant aux impacts que le béton. Grâce aux muscles, cartilages, tendons et ligaments qui lui sont attachés, le fémur est encore plus solide.

Si on place un fémur entre deux forces opposées, il résiste aussi à l'étirement mieux que le béton.

Cependant, le col du fémur, à la jonction de la hanche, est beaucoup plus fragile que l'os lui-même. C'est souvent ce qui sera fracturé quand on parle de fracture du fémur.

LES idées ÉCOLOS pour aider la planète

COUPER L'EAU en se brossant les dents

La consommation annuelle d'eau d'un habitant de la planète équivaut à 600 000 litres. Il va sans dire que chaque petit geste du quotidien compte pour préserver cette richesse naturelle. Rien qu'en fermant le robinet lorsque tu te brosses les dents, tu peux économiser jusqu'à 24 litres d'eau dans une journée !

Faire la lessive à L'EAU FROIDE

Quand vient le temps de faire la lessive, la température de l'eau peut faire toute la différence ! 80 % de l'énergie nécessaire lors de la lessive est utilisée pour chauffer l'eau. En lavant les vêtements à l'eau froide, tu économiseras plus de 90 % d'énergie ! De plus, la plupart des grandes marques de détergents proposent des produits écoresponsables d'une grande efficacité à l'eau froide !

Préférer **LA DOUCHE** au bain

Comme c'est agréable de prendre un bain chaud ! Mais savais-tu que le bain est l'un des plus grands consommateurs d'eau dans la maison ? Une douche consomme en moyenne de 20 à 60 litres d'eau et un bain, entre 120 et 250 litres. C'est plus que le double ! Prendre une douche plutôt qu'un bain permet donc de faire d'importantes économies d'eau.

Le savais-tu ?

En changeant ton pommeau de douche pour un format économique, tu économiseras deux fois plus d'eau. Ces modèles consomment 6 litres par minute, contre 10 litres pour les pommeaux ordinaires.

À LA DOUCHE !

Réutiliser L'EAU DE PLUIE

L'eau de pluie n'est pas potable pour l'être humain, mais elle peut servir à d'autres organismes vivants. Tu peux disposer des récipients à l'extérieur de la maison et réutiliser l'eau pour arroser les plantes, les fleurs et le potager.

Laver les FRUITS ET LÉGUMES avec une brosse

Il est important de laver les fruits et les légumes avant de les consommer. Au lieu de laisser l'eau couler inutilement pendant que tu nettoies ta pomme, mets plutôt de l'eau dans un récipient et frotte-la avec une brosse. Rince-la ensuite une dernière fois avant de croquer dedans.

ÉTEINDRE LES LUMIÈRES en quittant une pièce

Il est possible de limiter sa consommation d'énergie en adoptant de bonnes habitudes. Lorsque tu quittes une pièce, n'oublie pas d'éteindre la lumière. C'est un geste écolo simple qui te permettra d'éviter de gaspiller l'énergie inutilement.

Installer des AMPOULES DEL

Installe des ampoules DEL dans la maison. Celles-ci consomment beaucoup moins d'énergie, ont une durée de vie plus longue que les autres ampoules et ne contiennent aucun produit chimique. De plus, comme elles chauffent moins que les ampoules ordinaires, il est plus facile de les remplacer en fin de vie.

Les charges FANTÔMES

Sais-tu ce qu'est une charge fantôme ? Il s'agit de l'énergie consommée par nos appareils électroniques lorsqu'ils sont éteints. De nos jours, plusieurs appareils électroniques, comme la télévision, sont munis de la fonction de mise en marche instantanée. Alors même s'ils sont éteints, ils continuent de consommer de l'électricité.

Lors de ton prochain achat, recherche le logo ENERGY STAR®. Les appareils certifiés ENERGY STAR® consomment 40 à 50 % moins d'énergie que les autres.

Le savais-tu ?

Tous les appareils dotés d'une horloge électronique (cuisinière, lecteur DVD, chaîne stéréo, réveil) consomment également des charges fantômes.

SAVOIR CHARGER son téléphone

Savais-tu que charger son téléphone la nuit est très néfaste pour la planète ? En effet, ce sont plus de 2 300 mégawatts qui partent en fumée toutes les minutes.

En appliquant ces trois conseils, tu aides la planète tout en augmentant l'espérance de vie de ta batterie !

Voici quelques conseils pour t'aider à réduire ton empreinte écologique :

1. Activer le mode « avion » : cela te permet de réduire le temps de charge.

2. Utiliser un chargeur solaire : ce chargeur utilise la lumière du soleil, plutôt que l'électricité.

3. Charger son téléphone plus souvent, mais moins longtemps : ton téléphone ne doit jamais excéder 80 % de charge.

Faire sécher le linge
À L'AIR FRAIS

Quand le temps le permet, profites-en pour étendre tes vêtements sur une corde à linge. En plus de sentir divinement bon, les vêtements s'abîment moins rapidement qu'au sèche-linge. Voilà deux bonnes raisons pour ne pas s'en servir lorsqu'il fait beau dehors !

Un sèche-linge consomme plus de 1 kilowatt à la minute. Cela équivaut à 35 % de notre consommation énergétique quotidienne !

Si toutefois tu souffres d'allergies, il est recommandé d'utiliser le séchage à l'air libre modérément à ces périodes-là.

Prendre le TRANSPORT EN COMMUN

L'automobile est le moyen de transport le plus populaire, mais également le plus polluant ! C'est l'une des principales sources d'émission de gaz à effet de serre (GES) sur la planète. Une voiture moyenne émet 165 g de CO_2 par kilomètre parcouru. Au bout d'un an, ce sont plus de 2,4 tonnes de CO_2 qu'elle aura envoyées dans l'atmosphère !

L'utilisation du transport en commun permet de réduire à la fois la circulation et les émissions de gaz polluants. Un seul autobus peut remplacer entre 40 et 50 voitures sur les routes !

Prendre ton VÉLO

Le vélo est le complément par excellence du transport en commun. En plus de contribuer à la diminution des gaz à effet de serre, il te permet de rester en forme.

Chasser L'HUILE DE PALME

Plusieurs de tes aliments préférés contiennent de l'huile de palme : pizzas surgelées, biscuits, viennoiseries, etc. L'huile de palme est extraite par pression du fruit du palmier à huile que l'on retrouve dans les zones équatoriales. Malheureusement, des milliers d'arbres doivent être coupés pour faire place aux plantations de palmiers à huile, ce qui fait qu'au lieu d'être absorbé par les arbres, le CO_2 se retrouve en grande quantité dans l'air.

Si tu vois les mots « huile végétale » ou « matière grasse végétale » sur l'étiquette d'un produit, il est fort probable qu'il contienne de l'huile de palme ! Tourne-toi alors vers un aliment plus écolo.

Éviter la RESTAURATION RAPIDE

Tu es tenté d'aller manger dans une chaîne de restauration rapide. Penses-y à deux fois avant. En plus d'être néfaste pour la santé, cette industrie a un impact très important sur l'environnement.

Beaucoup de produits au menu de ces chaînes contiennent de la viande de bœuf. Or, l'élevage de vaches contribue aux émissions carboniques. De plus, l'industrie de la restauration rapide contribue au suremballage et produit d'importantes quantités de déchets.

Il est donc préférable de manger un bon repas santé à la maison.

Le savais-tu ?

Les pets et les rots d'une vache contiennent du méthane, un puissant gaz à effet de serre. Une vache peut émettre jusqu'à 550 g de méthane par jour !

Manger BIO

Les aliments certifiés bio doivent répondre à des règles strictes qui respectent l'environnement. Les agriculteurs ne peuvent pas utiliser de produits chimiques, comme les pesticides ou les insecticides. Ils doivent plutôt se tourner vers des solutions naturelles, comme le compost, pour enrichir leur terre en engrais.

Pour qu'une viande soit certifiée bio, l'animal doit avoir été nourri uniquement d'aliments biologiques et avoir été élevé dans de bonnes conditions. De plus en plus d'agriculteurs proposent des produits 100 % bios.

Encourager les JARDINS URBAINS

Toits, terrasses, potagers... les jardins urbains sont de plus en plus populaires en Europe et en Amérique du Nord !

Comment ça marche ?

L'agriculture urbaine consiste à aménager des potagers sur les toits, les terrasses ou dans les jardins. Cette tendance est en plein essor dans des grandes villes comme New York, Montréal et Paris, où les émissions de gaz à effet de serre sont particulièrement importantes.

Ce type d'agriculture a plusieurs avantages :

- Combattre les îlots de chaleur.
- Les aliments sont frais toute l'année.
- Des produits locaux et responsables, ce qui limite le transport ainsi que les émissions de CO_2.

Si tu as la chance d'avoir un agriculteur urbain près de chez toi, n'hésite pas à l'encourager. Tu pourras bénéficier de produits frais à l'année tout en étant écolo !

Acheter LOCAL

Quand tu achètes des produits locaux, tu contribues à réduire ton empreinte écologique. Par exemple, une fraise cueillie à 30 km de chez toi nécessitera beaucoup moins de transport qu'une fraise en provenance d'un pays étranger. En optant pour un produit local, moins de carburant sera nécessaire pour le transport, donc moins de CO_2 sera émis dans l'atmosphère !

En plus d'être bénéfique pour l'environnement, l'achat local te permet d'encourager les commerçants de ta région. Essaie-le et tu verras !

Faire le ménage AU NATUREL

La plupart des produits d'entretien disponibles sur le marché contiennent des substances toxiques nocives pour l'environnement. On estime qu'ils contribuent autant à la formation du smog que la voiture !

Pourquoi ne pas joindre l'utile à l'agréable en créant tes propres produits naturels ? De l'eau, du vinaigre blanc, du bicarbonate de soude et du citron... c'est tout ce dont tu auras besoin pour un nettoyage écolo !

Vaporisateur tout usage

Mélanger les produits suivants dans un pulvérisateur:

- 1/2 litre d'eau chaude
- 1/3 de tasse (80 ml) de vinaigre blanc
- 1 c. à soupe de bicarbonate de soude
- Quelques gouttes de citron

Respecter les MILIEUX NATURELS

Les milieux naturels, aussi appelés biotopes, sont des espaces où vivent les plantes et les animaux. Il existe de nombreux types de milieux naturels : boisés, forêts, lacs, rivières, plages, océans, montagnes, etc.

Ces milieux naturels sont nécessaires à la planète.
Par exemple, les boisés et les forêts agissent comme des climatiseurs sur le climat et améliorent la qualité de l'air. Il est donc très important de respecter ces lieux en évitant de jeter tes déchets sur le sol ou dans l'eau. Si tu vois un déchet, ramasse-le et va le mettre à la poubelle.

Le savais-tu ?

Il faut des années pour que les déchets laissés dans la nature se dégradent :
Mégot de cigarette : 2 ans
Canette : entre 10 et 100 ans
Bouteille en plastique : entre 100 et 1 000 ans
Sac en plastique : 400 ans

Faire ton COMPOST

Le compost est la meilleure habitude écolo à adopter ! Qu'est-ce que le compostage ? Il s'agit d'un procédé qui transforme les déchets organiques, comme les feuilles et la nourriture, en engrais naturel pour les plantes et le sol.

Ce que tu peux mettre au compost :

- Les déchets de cuisine, dont les épluchures et les restes de table.
- Les déchets de maison, dont les plantes, le carton et les mouchoirs.
- Les déchets de jardin, dont les fleurs, les tontes de gazon et les feuilles mortes.

Boire l'eau du ROBINET

L'eau qui coule du robinet est tout à fait potable et beaucoup moins polluante que l'eau en bouteille. Réduis ton empreinte écologique en remplaçant l'eau en bouteille par l'eau du robinet. Si tu le souhaites, tu peux utiliser un purificateur ou mettre du citron dans ton verre pour rafraîchir ton eau.

Le savais-tu ?

Seulement 1 bouteille sur 5 est recyclée.

Séparer les BANANES

As-tu remarqué que les bananes noircissent rapidement ?

Truc écolo !

Pour prolonger la durée de vie des bananes, sépare-les les unes des autres plutôt que de les laisser en grappe. Protège ensuite la tige d'une pellicule moulante. Tes bananes resteront fraîches plus longtemps !

Recycler les COQUILLES D'ŒUFS

Lorsque nous cuisinons les œufs, les coquilles finissent souvent à la poubelle. Plutôt que de les jeter, donne-leur une seconde vie ! Elles peuvent servir à plein de choses : masque pour le visage, poudre à récurer, engrais pour les plantes, etc.

Les coquilles d'œufs sont riches en calcium, un minéral bénéfique pour les plantes. Voici comment préparer ton engrais bio.

- Émietter finement les coquilles. Tu peux utiliser un mortier ou un rouleau à pâtisserie.
- Répandre la poudre sur la terre autour du pied de la plante.

Le savais-tu ?

Les coquilles d'œufs contiennent des nutriments et des minéraux qui sont excellents pour la santé.

Manger des PRODUITS DE SAISON

T'es-tu déjà demandé pourquoi on ne trouve que des fraises importées en hiver ? Tout simplement parce que notre climat ne nous permet d'en cultiver qu'à une certaine période de l'année.

Le reste du temps, nous devons consommer des fraises en provenance d'autres pays. En plus de générer des tonnes de CO_2 par leur transport, les fruits et les légumes exportés produisent énormément de déchets.

Déchets

La plupart de ces produits doivent être emballés pour rester frais pendant leur transport.

Gaspillage alimentaire

Les aliments qui ont été abîmés pendant le transport vont directement à la poubelle.

Lorsque c'est possible, essaie de manger des fruits et légumes de saison. C'est plus écologique et bon pour l'économie locale.

Acheter EN VRAC

L'achat en vrac a gagné en popularité ces dernières années. Ce concept consiste à n'acheter que la quantité dont tu as besoin. Si ta recette ne nécessite que 250 g de farine, tu n'achètes que cette quantité. Cela t'évite de gaspiller le reste du sac.

Et en plus, comme tu dois apporter tes propres contenants, tu ne produis pas de déchets !

Truc écolo

Pour acheter en vrac, il faut être bien équipé. Pense à apporter des contenants en verre ou en plastique. Tu peux aussi te procurer des sacs en coton réutilisables. Il y en a de toutes les tailles et couleurs !

Savoir bien RECYCLER

Nous recyclons de plus en plus ! C'est une excellente nouvelle, mais encore faut-il savoir bien recycler. Certains matériaux ne vont pas au recyclage, et d'autres sont jetés alors qu'ils devraient être recyclés.

Si un objet non recyclable se retrouve dans un centre de tri, il peut abîmer les équipements ou contaminer les autres éléments. D'où l'importance de savoir bien recycler.

Va au recyclage

Ne va pas au recyclage

Pratiquer le SURCYCLAGE

Le surcyclage, ou « upcycling » en anglais, consiste à récupérer un objet et à le transformer en un produit de qualité ou d'utilité supérieure.

Par exemple, tu peux utiliser un verre en carton pour créer des pots à fines herbes.

DONNER au lieu de jeter

Tes parents t'ont demandé de te débarrasser de tous les jouets et vêtements dont tu ne te sers plus ? Au lieu de jeter ces objets, organise plutôt un vide-grenier pour leur donner une seconde vie.
Tu augmenteras le contenu de ta tirelire tout en diminuant ton empreinte écologique !

Pratiquer le PLOGGING

Le *plogging* est un mouvement populaire né en Suède en 2016 qui consiste à ramasser les déchets en courant. Le terme vient de la fusion du mot suédois « plocka upp », qui signifie ramasser, et du mot anglais « jogging ».

Le principe est simple : le joggeur doit courir avec un sac et ramasser les déchets sur son passage. En plus d'être bonne pour l'environnement, cette activité est très peu coûteuse !

Tout ce dont tu as besoin, c'est :

- Un sac réutilisable
- Des gants réutilisables
- Des souliers de course
- Une bonne dose de motivation

À vos marques, prêts, partez !

LIMITER le papier

La fabrication de papier a des conséquences désastreuses sur l'environnement. C'est pourquoi il est important de limiter sa consommation de papier. Et c'est beaucoup plus facile que tu ne le crois !

Avant d'imprimer un document, demande-toi si c'est vraiment nécessaire. Si oui, imprime-le sur du papier recyclé, en mode recto-verso.

Plutôt que de les jeter au recyclage, réutilise les feuilles dont tu n'as plus besoin pour prendre des notes ou pour dessiner.

DIRE NON à la publicité

Les circulaires et les publicités qui sont déposées dans nos boîtes aux lettres contribuent grandement au gaspillage de papier.

Colle une étiquette antipub sur ta boîte afin de réduire l'accumulation de papiers qui, la plupart du temps, finissent à la poubelle. La planète te remerciera !

REFUSER les échantillons gratuits

Recevoir un échantillon gratuit, ça fait toujours plaisir ! Ils ne coûtent rien et te permettent d'essayer un nouveau produit. Cependant, ces articles ne sont pas recyclables et finissent souvent à la poubelle. La prochaine fois qu'on te propose un échantillon, demande-toi si tu vas réellement l'utiliser. Sinon, refuse-le tout simplement.

La LECTURE ÉCOLO

La lecture est essentielle à notre culture, mais l'industrie du livre génère une énorme consommation de papier. Heureusement, il existe plusieurs alternatives pour lire tout en étant écolo.

Abonne-toi à la bibliothèque publique de ton quartier. C'est une source inépuisable de livres ! Tu peux y emprunter plusieurs livres à la fois. Tu n'as qu'à les rendre une fois lus et t'en choisir d'autres.

Lorsque tu as terminé un livre, tu peux le donner à un ami. Tu peux aussi le déposer dans une boîte à livres près de chez toi et en profiter pour en choisir un autre. Un bel exemple de partage et de récupération !

ACHETER D'OCCASION

Quand tu achètes un vêtement dans une friperie, tu fais des économies et tu réduis ton empreinte écologique. Un seul jean permet d'économiser plus de 7 500 litres d'eau ! Cela équivaut à la quantité d'eau que peut consommer un individu sur une période de 7 ans !

Acheter d'occasion, c'est faire des économies tout en aidant la planète !

Quant aux ordinateurs et aux téléphones portables, leur fabrication nécessite beaucoup de matériaux toxiques. Si tu as besoin de remplacer un de ces appareils, demande d'abord à tes amis s'ils n'en auraient pas un à vendre.

RÉPARER au lieu de jeter

Une pièce de ton vélo s'est cassée ? Plutôt que de le jeter et d'en acheter un autre, donne-lui une seconde vie ! Nous vivons dans une société de consommation qui incite à acheter toujours plus. Or, beaucoup d'objets cassés peuvent se réparer et être à nouveau fonctionnels.

Si tu es habile de tes mains, essaie de réparer ton objet toi-même. Tu peux même regarder des tutoriels vidéos sur des sites web, comme YouTube, pour te guider.

Tu ne peux pas le réparer toi-même ? Parles-en à ton entourage.
Il y a sûrement une personne parmi tes proches, tes voisins ou tes amis qui peut te donner un coup de pouce.

Un REPAS ÉCOLO

Demande à tes parents de te préparer un repas zéro déchet pour l'école. Pour ce faire, élimine tout ce qui est en plastique. Utilise des pailles réutilisables, des couverts en bambou, des contenants en verre, une boîte à lunch de style Bento® et des sacs à goûter en tissu.

Les boîtes Bento® fonctionnent seulement pour les repas froids. Si tu souhaites un repas chaud, utilise plutôt une bouteille isotherme de style Thermos®.

La GOURDE EN INOX

Apporte une gourde en inox réutilisable. Tu pourras la remplir avec l'eau du robinet. Elles conservent l'eau froide pendant des heures ! Cela t'évitera de devoir te tourner vers la machine distributrice.

Ne RIEN JETER dans les toilettes

À part le papier de toilette, tu ne devrais rien jeter dans la toilette.

Les toilettes ne sont pas une poubelle ! Savais-tu que tout ce que tu jettes dans la toilette se retrouve dans nos fleuves, lacs et océans ?

Les cotons-tiges sont un des déchets les plus fréquemment trouvés sur les plages. Ils sont évacués par la chasse d'eau et sont retenus par les grilles des stations d'épuration. Ils voyagent donc jusqu'à nos océans et contribuent fortement à la pollution marine.

Qu'est-ce que L'EMPREINTE NUMÉRIQUE ?

Le savais-tu ?

L'un des plus grands centres de données au monde se trouve à Hohhot, en Chine. Le China Telecom est logé dans un immense complexe de 25 kilomètres carrés !

L'empreinte numérique, ce sont les traces que nous laissons en ligne. C'est une forme de pollution que nous oublions souvent. Chaque fois que nous utilisons Internet, nos données sont transférées dans l'un des 4 000 centres de données dans le monde, qui produisent énormément de CO_2. C'est là que sont notamment stockés tous les messages, vidéos et photos que tu enregistres sur le cloud.

Il existe toutefois plusieurs façons de réduire ton empreinte numérique.

Choisir des NAVIGATEURS ÉCOLOGIQUES

Avant de faire une recherche sur Internet, choisis bien le navigateur que tu vas utiliser.

Il existe des moteurs de recherche écoresponsables, qui s'engagent à donner une partie de leurs profits pour la plantation d'arbres. Par exemple, Ecosia remet 80 % des profits générés par les recherches en ligne à des causes écologiques. Tu pourras surfer sur Internet tout en protégeant la planète !

Le savais-tu ?

L'industrie du web est responsable de 10 % des émissions de gaz à effet de serre dans le monde. C'est plus que l'industrie de l'aviation !

GÉRER son courrier électronique

Les messages électroniques sont stockés dans un centre de données. Et comme tu le sais, ces centres produisent énormément de CO_2.

Les bons gestes à adopter :

- Supprimer ses messages au fur et à mesure.
- Se désabonner des newsletters.
- Éviter d'envoyer des pièces jointes.
- Supprimer les signatures trop lourdes (avec images).

Le savais-tu ?

L'envoi d'un message de 1 Mo (avec pièce jointe) consomme autant d'énergie qu'une ampoule de 25 watts allumée pendant une heure.

FAIRE LE TRI de ses fichiers

Fais régulièrement le tri des photos et vidéos que tu enregistres sur le cloud.

Si tu souhaites garder ces souvenirs, sauvegarde-les plutôt sur un disque dur externe ou une clé USB.

Préférer le TÉLÉCHARGEMENT au *streaming*

Il existe deux façons de se procurer des fichiers médias sur Internet : le téléchargement et le *streaming* (écoute en continu).

Si tu souhaites regarder une vidéo ou écouter une chanson en ligne, opte pour le téléchargement plutôt que le *streaming*. Les principales plateformes, comme YouTube, Netflix ou Spotify, offrent cette option.

TÉLÉCHARGEMENT EN COURS...

Le *streaming* consomme encore plus d'énergie que la télévision ! On estime qu'il produit environ 4 % des gaz à effet de serre sur la planète. Ce chiffre pourrait même doubler d'ici 2025. Avant de télécharger un fichier média, demande-toi si tu vas vraiment l'écouter ou le regarder.

BANNIR les activités motorisées

Les activités motorisées, comme la motomarine (jet ski) ou le ski nautique, sont très néfastes pour l'environnement. En plus d'émettre des gaz à effet de serre, ces véhicules déversent de l'huile dans les eaux.

Il vaut mieux privilégier des sports comme le surf ou la planche à voile, qui ne libèrent aucune toxine et qui sont tout aussi agréables à pratiquer !

VOYAGER LÉGER

Le poids des bagages contribue à augmenter les gaz à effet de serre. Plus le véhicule est lourd, plus il consomme du carburant.

Mieux vaut donc éviter de surcharger ta valise d'articles dont tu ne te serviras pas. N'apporte que l'essentiel avec toi.

Bien choisir sa DESTINATION

L'avion émet énormément de dioxyde de carbone (CO_2) et est responsable de 3 à 4 % des émissions mondiales. Un aller simple Montréal-Paris équivaut à près d'une tonne de CO_2 par passager.

Pour tes prochaines vacances, pourquoi ne pas choisir une destination plus près de chez toi ? Le train demeure le moyen de transport le plus écologique et te permettra également de pouvoir admirer les paysages de ta région.

Si tu n'as pas le choix de prendre l'avion, tu peux compenser les gaz à effet de serre générés par ton vol en achetant des crédits carbone auprès d'organismes écologiques.

Choisir des GÎTES ÉCORESPONSABLES

Si tu le peux, choisis de loger dans un gîte écoresponsable. Ces établissements adoptent des pratiques pour minimiser leur impact sur l'environnement.

Que font-ils ?

- Ils utilisent des produits nettoyants naturels.
- Les draps et les serviettes sont fabriqués à partir de coton biologique.
- Ils utilisent des sources d'énergie renouvelables.
- Ils priorisent la lumière naturelle.
- Ils incitent au recyclage et à la réduction des déchets.

Et bien plus encore !

Pour les repérer, il suffit de chercher les mentions « vert », « durable » ou « éco » !

Un pique-nique ZÉRO DÉCHET

Tu organises un pique-nique avec ta famille ou tes amis pendant les vacances ? Et si tu optais pour un pique-nique zéro déchet ?

Ce dont tu as besoin pour un pique-nique sans déchets

- Des gourdes pour les boissons
- Des couverts réutilisables
- Des plats réutilisables pour amener ta nourriture
- Des serviettes de table en tissu
- Une nappe, que tu utiliseras aussi pour emballer le nécessaire pour ton pique-nique

Respecter la FAUNE et la FLORE

Il est très important de respecter les milieux naturels des endroits que tu visites. Chacun de tes gestes peut avoir un impact sur l'écosystème.

Ne nourris pas les animaux sauvages. Ils risquent de développer des troubles de comportement et de nuire à la population locale.

Si tu fais de la plongée, ne touche pas aux coraux. Tu pourrais les détruire. Un seul corail prend des décennies à se former !

Respecte les zones de pêche. Les zones interdites sont là pour sauvegarder les espèces en voie de disparition.

Évite de cueillir des fleurs et des plantes. Elles sont essentielles à l'écosystème et pourraient faire partie des espèces menacées.

NE PAS allumer de feu

L'été, c'est si agréable de faire griller des guimauves autour d'un feu ! Malheureusement, cette activité n'est pas aussi inoffensive pour la planète que tu ne le crois.

La fumée rejette de fines particules dans l'atmosphère lors de l'élimination des cendres, ce qui affecte la qualité de l'air.

Suivre les SENTIERS BALISÉS

Si tu fais une randonnée pédestre, assure-toi de suivre les balises. Non seulement tu éviteras de te blesser, mais tu respecteras aussi l'environnement.

Les balises servent à éviter la détérioration des milieux naturels. Il est donc très important de les respecter, afin que les animaux puissent continuer d'évoluer dans leur habitat.

Utiliser un CHASSE-MOUSTIQUES NATUREL

La présence des moustiques est particulièrement envahissante durant l'été. C'est pourquoi nous utilisons un chasse-moustiques pour les garder à distance.

Cependant, les produits vendus dans le commerce ne sont pas écologiques, ni bons pour la santé. De plus, ils peuvent affecter d'autres espèces d'insectes. Pour des vacances écolos, prépare un chasse-moustiques avec des ingrédients naturels. Il sera tout aussi efficace.

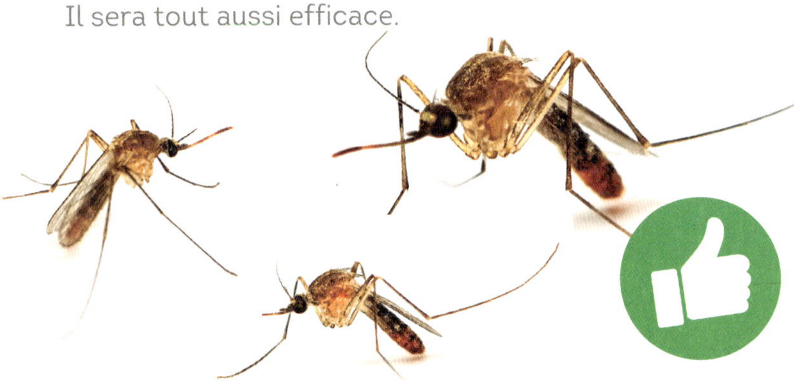

Chasse-moustique naturel

Mettre ces ingrédients dans un pulvérisateur.

- 1/4 litre de vinaigre blanc
- 1/2 litre d'eau
- 2 c. à soupe d'huile d'amande douce
- 20 gouttes d'huile essentielle de citronnelle

Porte des vêtements à manches longues et de couleur claire. Les moustiques ne piquent pas à travers le tissu.

Privilégier le DIY

DIY ou *Do it yourself* signifie « fais-le toi-même ». En plus de laisser s'exprimer ton esprit créatif, le DIY permet de réduire considérablement ton empreinte écologique. En effet, cette méthode consiste à récupérer des objets de tous les jours pour fabriquer des créations uniques à la main.

Tu peux créer tes cadeaux, tes bijoux, ta déco, tes produits, tes vêtements, tes recettes, etc.

Le savais-tu ?

Le terme DIY est apparu dans les années 1970, aux États-Unis. C'était d'abord un mouvement d'opposition à la société de consommation. Une partie de la population s'est rebellée contre les grandes industries, et a alors décidé de créer ses propres objets plutôt que de les acheter.

Emballer un CADEAU ÉCOLO

Les emballages colorés et scintillants utilisés pour emballer les cadeaux sont très jolis, mais génèrent une quantité incroyable de déchets. Chaque année, ce sont des tonnes de papier qui finissent dans les poubelles. Heureusement, il existe des alternatives au papier industriel. La plus populaire s'appelle le *furoshiki*, une technique japonaise qui consiste à emballer les cadeaux avec du tissu.

1) Choisir un tissu carré de manière à avoir un coin devant toi.

2) Placer l'objet sur le coin inférieur et l'enrouler jusqu'au coin supérieur.

3) Ramener les deux autres coins et faire un double nœud sur le dessus.

4) Replier les deux bouts qui dépassent pour que ce soit plus joli.

Fabriquer ton
ÉPONGE JAPONAISE

Tes chaussettes sont trouées. Ne les jette pas à la poubelle. Fabrique-toi un *tawashi* (ou éponge japonaise) pour remplacer les éponges jetables.

Ce dont tu as besoin :

- Une chaussette - Une paire de ciseaux - Une planche en bois carrée
- 20 clous - Un marteau

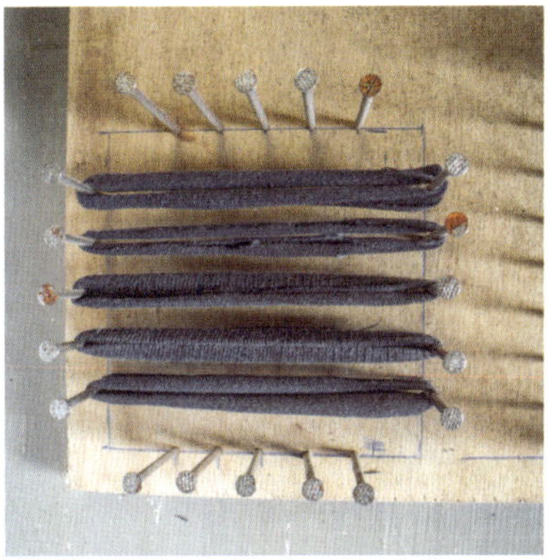
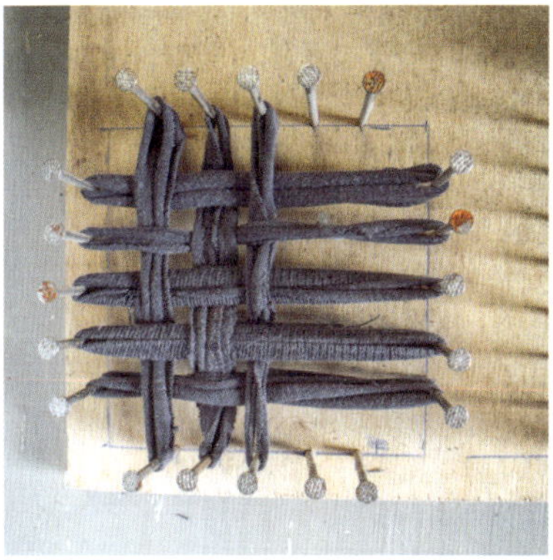
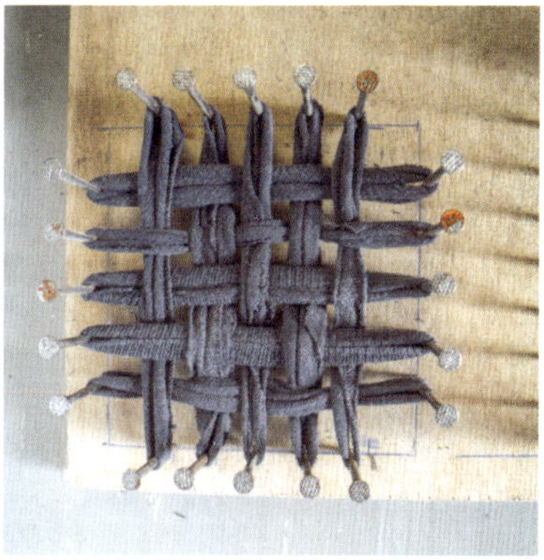

1. Enfoncer 5 clous de chaque côté de la planche (20 en tout).
2. Couper la chaussette en bandes de 2 cm de largeur.
3. Enfiler 5 bandes sur les clous, dans le sens de la largeur.
4. Passer dessus-dessous les 5 autres bandes dans le sens de la longueur.
5. Retirer une boucle de son clou et la passer dans la boucle voisine.
Et ainsi de suite, jusqu'à ce que tu aies détaché toutes les bandes des clous.
6. Passer deux fois la dernière boucle pour solidifier ton tawashi
et lui fabriquer un anneau pour l'accrocher.

Fabriquer ton
PROPRE DENTIFRICE

Un seul tube de dentifrice produit beaucoup de déchets. En plus du tube lui-même, qui est composé de plastique et d'aluminium, ces produits sont vendus dans des boîtes en carton.

Pour de belles dents blanches, mets-toi au défi de fabriquer ton propre dentifrice zéro déchet.

Ingrédients :
- 3 c. à soupe d'huile de coco
- 3 c. à soupe de bicarbonate de soude
- 5 gouttes d'huile essentielle à la menthe

Préparation :

Mélanger tous les ingrédients dans un contenant hermétique jusqu'à obtention d'une pâte homogène.

Tu peux conserver ton dentifrice écolo pendant environ 6 mois !

Marcher **POUR LE CLIMAT**

On estime que la température moyenne de la planète augmentera de 6 à 7 °C d'ici l'an 2100 ! Chaque petit geste compte, mais il faut freiner les grandes industries polluantes (pétrole, textile, etc.).

Lorsque tu participes à une marche pour le climat, tu unis ta voix à celle de milliers de citoyens ! Il y a donc plus de chances que ton message se rende aux dirigeants politiques, qui ont le pouvoir de contrôler ces grandes industries.

La Suédoise Greta Thunberg lutte activement contre le réchauffement climatique. Elle a reçu plusieurs prix et distinctions pour son militantisme.

SENSIBILISER les gens autour de toi

Tu connais maintenant tous les secrets pour être écolo dans la vie de tous les jours ! N'hésite pas à sensibiliser tes proches à l'importance de préserver la planète. On ne naît pas écolo, on le devient !

Explique à tes amis pourquoi il est important d'apporter une gourde à l'école.

Si une personne jette un gobelet en plastique par terre, explique-lui comment son geste contribue à la pollution.

Montre à tes parents comment bien trier les déchets.

Le 2 août 2017 marque le jour où l'humanité a épuisé toutes les ressources naturelles que la Terre peut produire en une année.